스물여섯 캐나다 영주

그레이스 리

인생에는 플랜 B가 필요해

좋은 책을 만드는 이소노미아

남이 만들어 놓은 시스템 안에서
나는 무력했다.

그동안 가지고 있던 삶의 방식과
내 주변 환경을 송두리째 바꿔야
비로소 보이는 게 있다.

선택권이 내게 있다는 것 자체가
내가 이룬 값진 결과가 아닌가.

목차

스물여섯
캐나다 영주

아주 어릴 때 이후로
흘린 적 없던 코피가
두 번이나 터지자 갑자기
어디 아픈 게 아닌지
걱정스러워졌다.

2018년 8월 23일.

지금도 잊을 수 없는 이 날짜. 한여름의 어느 날 나는 캐나
다 영주권자가 되기 위한 증명 서류를 제출했다. 영주권 신
청 자격이 있음을 확인받고 진행 비용도 결제했다. 칼리지
를 졸업한 지 1년 3개월 만에 드디어 영주권 신청을 한 것
이다. 졸업 후 나는 곧바로 취업을 했고 경력도 쌓았다. 이
것만으로도 나름 좋은 운이라고 생각했다. 그런데 막상 영
주권 신청을 할 자격이 주어졌을 무렵, 영어 점수도 나쁘지
않고 무엇보다 영주권 커트라인 점수가 낮아졌단다. 예상
했던 것보다 빨리, 그리고 쉽게 나는 캐나다 이민 초청장을
받았다.

— 이렇게나 운 좋을 수 있을까?

하지만 거기까지였다. 이후 가을이 지나갔고 겨울이 오면서 한 해가 마무리됐고 이직한 직장에서 경력 1년을 채우며 그만뒀다. 이민국에서는 아무런 소식이 없었다. 6개월 정도 걸린다던 서류 심사는 8개월도 훌쩍 넘어 9개월째에 접어들고 있었다. 약간 초조해진 나는 기다리면 될 일이라고 스스로를 타이르며 잠시 한국으로 들어가기로 결정했다.

기왕 비행기를 타는 김에 유럽을 돌아보자는 생각으로 유럽 여행을 떠났다. 그런데 그만 러시아에서 여권과 지갑을 분실해 버렸다. 반나절을 러시아 경찰서에 붙잡혀 있었던 것 같다. 겨우 임시 여권을 발급받아 공항에 갔는데 공항 직원은 나를 놓아주지 않았다. 한참의 실랑이가 이어졌고 이제 겨우 해결됐나 싶을 무렵 부다페스트로 떠나는 비행기가 이미 이륙했다는 소식이 들렸다. 이럴수가…. 여행을 하고 싶은 마음이 사라졌다. 그냥 빨리 집에 돌아가고 싶었다. 나는 유럽 일정들을 모두 취소하고 한국으로 돌아왔다.

그런데 이럴수가, 더 복잡한 일이 한국에서 기다리고 있었다. 캐나다에서 영주권 서류 심사가 모두 끝났으니 여권 사진을 보내라는 이메일이 온 것이다. 심사만 끝나면 다 끝난 줄 알았는데 사진이라니? 그것도 하필이면 캐나다가 아닌 한국에 있을 때 보내라니? 캐나다 안에 있었다면 수도인 오타와에 있는 이민국으로 여권 사본과 여권 사진을 보내면 되었겠지만 한국에 있는 경우 캐나다 비자 센터가 위치한 필리핀 마닐라에서 처리한다고 했다. 어쩔 수 없이 급히 오타와 이민국과 필리핀 비자센터에 이메일을 보냈다. 서울에 위치한 캐나다 비자지원 센터도 찾아갔다. 하지만 무려 2주가 걸린 최종결론은 '캐나다로 돌아가야 한다'는 것이었다.

— 일이 점점 복잡해지네.

오타와에서는 자꾸만 엉뚱한 대답이 돌아왔다. 한국과 필리핀에서는 내 이민 케이스에 대해 아는 게 없기 때문에 도와줄 수가 없다고 했다. 캐나다에서 일하며 안면을 튼 법무사님께 급히 연락해 보니 '어쨌든 캐나다로 올 거면 그냥 빨리 와서 보내는 게 좋을 것 같다. 서류를 필리핀의 비자 센터로 보낸다 한들 만약 그 서류가 잘못 가서 제대로 처리가 안 된다면 그것도 너무 위험하다'는 것이다. 한 달 내로 서류를 보내야 했으므로 부리나케 편도 비행기표를 알아보고 정확히 3일 후 캐나다로 출국했다. 그렇게 무사히 서류를 이민국에 보낸 찰나, 오타와 이민국으로부터 이메일이 날아왔다. "필리핀으로 서류를 보내도 좋다."

— 아니, 장난하나?

나는 다시 "아니야. 난 이미 캐나다에 들어와서 서류를 우편으로 보냈어. 내 이민 케이스를 필리핀으로 보내지 말고 캐나다 내에서 진행해 줘."라며 급히 이메일을 쓰기 시작했다. 그때 코에서 뭔가 주르륵 흘러내렸다. 손으로 닦고 보니 피였다. 영주권 서류 문제를 해결하려고 한국에서 출국할 때도 봤던 코피를 또 보다니. 아주 어릴 때 이후로 흘린 적 없던 코피가 두 번이나 터지자 갑자기 건강 상의 문제가 있는 건 아닌지 걱정됐다. 하지만 지금은 코피 걱정을 하고 있을 때가 아니었다. 서류, 서류가 중요했다. 그 후 며칠 간

혹시나 서류 접수가 잘못될까 노심초사하는 나날들이 이어졌다. 2주쯤 지났을 때, 마침내 영주권 최종 승인 편지가 날아왔다.

— 마침내.

캐나다 영주권은
내게 어떤 의미일까?

선택권이 내게 있다는 것 자체가
내가 이룬 값진 결과가 아닌가.
그동안 가지고 있던 삶의 방식과
내 주변 환경을 송두리째 바꿔야
비로소 보이는 게 있다.

캐나다 영주권을 얻었다. 여기가 내 유학의 종착지이다. 앞서 영주권 신청에 대한 이야기로 글을 시작한 이유는 캐나다 영주와 내 유학을 떼어 놓을 수 없기 때문이었다.

처음 캐나다에서 학교에 가겠다고 결심했을 때만 해도 영주권을 신청하는 건 꿈 같은 일이라 생각했다. 만약에, 정말 혹시라도 영주권을 따게 된다면? 생각만 해도 마음이 두근거렸지만 그런 건 기대하지 말라고 내 스스로를 타일렀다. 솔직히 너무 실망할까 두려웠다.

처음에는 별 생각 없이 유학생활을 시작했다. 일주일에 이삼일 아르바이트를 하고 시간 날 때마다 놀고 틈틈이 여행도 다니며 무사히 학교를 마치는 것, 그게 내 유학생활의 전부였다. 그런데 캐나다는 공립 대학교를 졸업하면 2년 과정 기준으로 3년 기간의 워크퍼밋을 준다. 2년제 대학교를 나오면 굳이 부랴부랴 취업하지 않아도 3년 동안 일할 수 있는 비자를 주는 것이다. 원래부터 이 워크퍼밋을 이용해 취업할 생각이긴 했지만 나는 운 좋게도 졸업 전에 일을 시작하게 되었다. 그리고 정확히 1년 후, 영주권을 신청할 수 있는 자격이 주어진 것이다. 꿈 같았다. 한국에서의 경력과 영어 점수가 있어서 캐나다 경력 1년을 채우자마자 바로 신청할 수 있다고 했다. 한국에서의 내 경력은 캐나다에서 내가 했던 일과 크게 상관이 없었는데 그래도 괜찮단다. 좋네. 이거 재밌네.

영주권을 취득하고 두 달쯤 지났을 때였다. 어느 날, 같이 일하고 있는 동생이 불쑥 물었다.

"언니. 영주권 따고 가장 달라진 점이 뭐예요?"

제대로 생각해 본 적이 없었기에 선뜻 대답을 할 수가 없었다.

"통장이 '텅장'? (웃음) 아니, 내가 성장한 거?"

농담으로 대충 말하고 웃었지만 돌아보면 사실이었다. 처음 캐나다로 온 목적은 도피였으니까. 스물여섯, 한국에서 대학교에 진학하지 않은 나는 고졸이었고 미래는 우울했다. 새로운 일이 없었고 일상은 무료하게 반복됐다. 그때 캐나다 워킹 홀리데이가 눈에 들어왔던 것이다. 이제껏 모아온 월급이 든 통장 하나만 들고 캐나다로 향했다. '텅장'이 되도록 내 미래를 지원해 준 씨드 머니. 그러니까 그때 그 통장은 지금의 나를 만든 셈이다.

생각해 보면 분명 언제나 당당하고 긍정적이었던 때가 내게도 있었다. 어렸을 적에는 대체로 그랬던 것 같다. 그런데 어느 시점에서부터 나 자신을 잃어버리고 깊은 자괴감의 늪에 빠져버렸다. 한국에서 대학 입시에 실패했을 때부터였을까? '인생이 결코 내 뜻대로 풀리지 않는구나' 싶었던 시간들만 끊임없이 이어졌다. 그러다 어느 날 그 고리를 끊고 캐나다에 왔고 많은 사람을 만났다. 갑자기 나를 부정하는 것들이 사라져서인지, 나를 모르는 사람들로부터 느

껐던 해방감 때문인지, 긍정적인 에너지를 받으며 자존감이 높아졌다. 어디에선가 근거 없는 자신감이 툭툭 튀어나온다. 이것도 해볼까? 저것도 해 볼 수 있지 않을까? 도망치듯 온 캐나다에서 뜻밖의 기회들이 주어지기 시작했다.

영주권 덕분에 내겐 언제든 무엇이든 하고 싶은 일들을 도전해 볼 기회가 더 많이 생겼다. 반면에 영주권이 없었다면 어땠을까? 만약 영주권 취득에 실패하고 3년 워크퍼밋 기간이 끝나 어쩔 수 없이 한국으로 돌아간다면? 그래도 후회는 없었을 것 같다. 영주권이 아니어도 충분히 값진 것들을 얻었다. 만약 누군가 내게 캐나다 유학을 통해 얻은 게 무엇이냐고 묻는다면 이렇게 다시 말할 것이다. 힘을 얻었다고. 나 자신을 믿고 내가 가진 신념을 지키며 목표를 향해 나아가는 힘. 그리고 만약 내게 조언을 구하는 사람이 있다면 누구든지 나와 비슷한 경험을 할 수 있을 거라고 용기를 줄 것이다.

지금 나는 한국에 있다. 6년이나 떨어져 있던 부모님과 가까이 살며 얼굴을 마주하기 위해, 그리고 한국에서 꿈꿨던 일들을 해보고 싶어서 달려왔다. 5년 기간인 영주권 카드를 갱신하기 위해서는 5년 중 최소 2년을 캐나다에서 거주해야 한다. 때문에 내가 한국에 머물 수 있는 기간은 앞으로 3년. 3년 후 다시 캐나다로 돌아가 다시 새로운 5년 영주권을 받을 생각이다. 캐나다 시민권을 따려면 5년 중 최소 3년을 살고 시민권 시험을 따로 치러야 하지만 아직은 관심이 없다.

많은 사람이 영주권도 있는데 어째서 캐나다를 떠나느냐고 물었다. 그럴 거면 영주권을 왜 받았냐는 시기 어린 질문도 이어졌다. 그때마다 나는 대답했다. "신청할 수 있는 자격이 되니까 받았죠. 때가 되면 캐나다로 다시 갈 거고요." 어찌 됐든 선택권이 내게 있다는 것 자체가 내가 이룬 값진 결과가 아닌가. 어차피 인생은 내 의지대로 흐르지는 않을 테지만.

중요한 것은 '어디서 사느냐'가 아니라 '어떻게 사느냐'이다. 그리고 나는 캐나다에서 '어떻게 살 것인가'에 대한 답을 조금 찾은 것 같다. 캐나다에서의 유학 생활이 내게 일을 할 기회를 주었다. 영주권을 취득하게 해 주었다. 또한 그 경험에 대해서 이렇게 글도 쓸 수 있게 해주었다. 물론 나처럼 꼭 캐나다일 필요는 없다. 꼭 한국 밖일 필요도 없다. 하지만 내가 그 동안 가지고 있던 삶의 방식과 내 주변 환경을 송두리째 바꿔야 비로소 보이는 게 있다. 떠날까 말까 고민하는 것 자체가 '마음은 이미 떠나고 싶은 것'이다. 아직도 망설이기만 한다면 떠나자. 해보자. 행동하기 전까지는 절대 답을 미리 알 수 없다. 나는 내가 처음 떠나게 된 날을 돌이켜 본다.

음대 지망생의
두 번째 인생

남이 만들어 놓은 시스템 안에서
나는 무력했다.
이리저리 휘둘리며 점점 허물어졌다.
나한테는 기회가 없었다.
내 인생 전체가 실패로 규정되는 것 같았다.
남이 정해놓은 그 시스템에서.

기억도 나지 않는 아주 어릴 때부터 내 꿈은 오직 두 가지였다. 외국에서 사는 것과 평생 음악을 하는 것. 약 스무 해동안 그 두 가지를 제외한 다른 삶은 상상조차 해본 적이 없었다. 친구들이 어떤 드레스를 입고 결혼해서 어떤 집에 살지를 상상할 때 나는 혼자 뉴욕 맨해튼에서 살아야 하나 브루클린에서 살아야 하나를 심각하게 고민했다. 그때 왜 그랬냐고 묻는다면 글쎄…, 그건 마치 '어릴 때부터 물이 좋았어요' 라든가 '복숭아가 제일 맛있어요.' 같은 문제라 이유를 댈 수가 없다. 나는 그저 그렇게 태어난 게 아닐까?

사실 음악적 재능은 유전이라고 말하는 사람들이 많은데 내 경우 부모님을 포함해서 양가의 어느 누구도 음악은커녕 예술 비슷한 것도 하지 않았다. 아빠는 "내가 콩나물을 좋아하니까 네가 콩나물(음표)을 좋아하나 봐."라며 농담하셨는데, 가족들도 내게 천부적인 재능이 있는 것은 아니라는 것에 암묵적으로 동의했던 것 같다. 대학 입시에 깔끔하게(?) 실패하면서 나도 그 암묵적 동의에 힘을 실었는지도 모르겠다. 하지만 당시 나는 너무나 큰 충격에 휩싸였다. 내 재능을 제대로 평가 받기 위해서 남이 만들어 놓은 시험과 자격을 준비해야 하는 시스템, 그 시스템 안에서 나는 무력했다. 이리저리 휘둘리며 점점 허물어졌다. 나한테는 기회가 없었다. 내 인생 전체가 실패로 규정되는 것 같았다. 남이 정해놓은 그 시스템에서.

그 이후로 약 십 년간, 나는 캐나다에서 가끔씩 수능을 다시 보는 꿈을 꿨다. 실기 시험을 다시 치르거나, 고등학교로 돌아가는 악몽도 꿨다. 아직까지도 입시는 내게 트라우마로 남아 있다. 20년 동안 오직 한가지 목표만 가지고 살았는데 갑자기 그게 물거품이 되었다. 길을 잃어버리는 건 당연했다. 슬프게도 음악 말고는 잘할 수 있는 게, 아니 그냥 아는 것 자체가 없었다. 몇 달 동안 방에만 틀어박혀 하루 종일 범인 잡는 미국 드라마를 봤다. 현실은 잊고 지냈다. 그러다가 문득 '돈이라도 벌면서 하고 싶은 걸 찾아보자'라는 생각이 들었다. 지푸라기라도 잡는 심정으로 유치원 아르바이트 면접을 보러 갔고 그렇게 일을 시작했다. 그리고 5년 후, '지푸라기' 대신 '세상'이 추가됐다.

— 더 넓은 세상에서 돈 벌면서 하고 싶은 걸 찾아보자.

그렇게 5년 전과 별다를 것 없는 마음으로 캐나다에 가기로 결심했다. 한국 나이로 스물여섯. 주변에 캐나다행 소식을 알리자 반응은 한결 같았다. '드디어 떠나냐?', '이제야 가냐!' 친구들이 나보다 내 인생의 목표 두 가지를 이미 알고 있었던 것처럼. 어릴 때부터 외국행을 꿈꿨지만 정작 스물여섯이 되어서야 떠날 수 있었던 이유는 도피성으로 떠나고 싶지는 않다는 바람이 강했기 때문이 아니었을까. 안타깝게도 한국에선 도저히 길이 보이지 않았다.

— 그냥 그렇게 떠났다.

언제 다시 돌아올지, 어떤 모습으로 돌아올지, 그런 계획 따윈 없었다. 그냥 떠나야만 했다. 죽을 만큼 이렇게 살기는 싫어서 죽을 힘을 다하면 바뀌지 않을까 싶었다. 내 주변의 모든 것들을 바꾸면 나 또한 바뀔 수밖에 없을 거라고 믿었다.

— 다시 음악을 하실 생각이신가요?

얼마 전 받은 이 질문에 나는 1초의 고민도 없이 '아니요'라고 답했다. 캐나다에 남기로 결정하는 순간에도 끝까지 잡고 있던 끈이었는데, '놓아야지, 놓아야지' 하면서도 차마 놓을 수가 없었는데 나도 모르고 있던 사이 자연스럽게 그 끈을 놓아 버렸나 보다. 잡고 있던 걸 놓으니 자유롭다는 생각이 들었다. 어쩌면 캐나다에서 살았던 6년의 시간이 나를, 내가 그토록 바라던 '또 다른 나'로 만들어 주었는지도 모르겠다. 이렇게 음대 지망생의 미련은 두 번째 인생으로 자연스럽게 지워져 간다. 그것이 마치 새 연인을 만나 옛사랑의 미련을 잊어가는 모습과 비슷해서 나는 웃음이 났다.

이제 내 캐나다 모험 이야기를 슬슬 시작해 볼까.

시작,
어렵지 않다

같은 길이라도

그들이 간 길과 내가 갈 길은

속도도, 걷는 모양새도, 경치도 다르다.

무엇보다 그 길에서 마주치는 사람들이 다르다.

그런데도 무서운 경고가 더 크게 들리는 법,

그래서 망설인다.

하지만 일단 저지르고 보면

부정보다 긍정을, 비관보다 낙관을 깨닫는다.

나도 그랬다.

유학 생활 내내 나를 지배한 생각은 이런 것이었다.

— 한 살이라도 더 어릴 때 오면 참 좋았을 텐데.

캐나다 워킹 홀리데이는 선착순 2천 명이었다.

앞서 말했던 것처럼, 클래식 음악을 공부하던 나는 한국 입
시에 실패하자 눈에 띄게 의기소침해졌다. 막연하게 미국,
영국, 심지어 러시아 유학을 가는 내 모습을 떠올려 봤지만
만만치 않은 유학 경비는 상상조차 마음대로 허용하지 않
았다. 게다가 어학원과 대학에서 보내는 시간이 몇 개월도
아니고 몇 년… 평생처럼 길게 느껴졌다. 돈이 부족하니 학
업에 따른 기회비용도 만만치 않고, 겁이 많은 내가 할 수
있는 선택은 없었다. 그저 한국에 남는 것뿐이었다. 사춘기
소녀 시절, 어릴 때 미국에서 살다 왔다며 모두가 믿게 만
들 정도로 장난을 치던 내가, 모두가 아이돌에 열광할 때

금발의 영국 배우와 가수를 좇던 내가 '유학'이란 이름 앞에서 잔뜩 움츠러들었다. 한번 움츠러들자 끝도 없었다. 친구가 두 달 동안 미국에서 지내는 단기 어학 프로그램 정보를 가져다 줘도, 엄마가 한번 갔다 와도 된다고 허락해 줘도, 용기는 나지 않았다. 무섭기만 했다.

당시 내게 유학이란 김은숙 작가의 드라마 〈상속자들〉에 나오는 부잣집 자식들만 할 수 있는 것이라, 평범한 집에서 태어난 나로서는 감히 엄두가 나지 않는 도전이었다.

그렇게 5년이 흘렀다. 점점 '유학'이라는 거창한 단어는 희미해져갔다. 현실은 더욱 우울해졌다. 더이상 견딜 수가 없다고 느꼈을 때, 한국을 떠날 수 있는 계획이 뭔지에 집중하기 시작했다. 유학이 무섭다면 내가 당장 할 수 있는 다른 길로 우회해 보자! 그때 눈에 들어온 것이 바로 '2천 명 선착순 워킹 홀리데이 비자'였다. 캐나다는 어렸을 때 동경했던 북미에 대한 환상도 채워줬지만 무엇보다 선착순 안에 들기만 한다면 비자 받기가 쉬웠다.

그래서 결국, 워킹 홀리데이 비자로 캐나다 땅을 밟았다. 그곳에서 나는 관찰했다. 막상 캐나다에 와서 보니 '유학 생활'이라는 것이 내가 막연히 상상했던 것보다는 어려워 보이지 않았다. 쉬워 보였다고 하면 거짓말이겠지만 여러 나라에서 온 유학생들을 만나 내가 느낀 솔직한 심정은 이랬다.

— 할 만하겠어.

왜 더 일찍 용기 내지 못 했을까? 어학원을 다니며 대학 진학을 준비하는 친구들, 현재 대학에 다니고 있는 친구들, 졸업 후 일하는 친구들까지 모두 내가 생각했던 것만큼 원어민 수준으로 영어를 하지는 않았다. 그런데도 잘 적응하여 본인에게 주어진 일들을 해나가고 있었다. 모두 나처럼 평범했고 영어가 모국어가 아니었으며 성인이 되어 이곳에 온 사람들이었다.

— 다들 하는데 나라고 못 해?

하지만 다시 고민을 거듭했다. 유학 자체에 대한 두려움 때문은 아니었다. 캐나다에서 2년제 대학을 진학한다는 건 더 이상 음악을 하지 않겠다는 의미였기 때문이었다. 결정은 힘들었다. 갈림길에 서 있는 상황에서 어느 길로도 가지 못하고 땅만 발로 차며 서 있기를 수십 번. 유학으로 인생의 방향을 완전히 바꾸는 게 맞는 선택일까?

— 하지만 유학, 어쨌든 나는 했다. 어렵게 방향을 바꿨다. 그게 어려웠을 뿐 유학은 어렵지 않았다.

본인이 직접 해보지 않으면 아무리 주변에서 경험과 조언을 들어도 결코 알 수 없는 일이 인생에는 꽤 많은 것 같다. 유학도 그중 하나다. 같은 길이라도 그들이 간 길과 내가 갈 길은 속도도, 걷는 모양새도, 경치도 다르다. 그리고 무엇보다 그 길에서 마주치는 사람들이 다르다. 하지만 대다수의 조언은 긍정적이고 낙관적인 경험담보다는 힘겨웠던 나날들에 대한 부정적인 증언과 사건 사고에 대한 경고에 초점을 맞춘다. 무서운 경고가 더 크게 들리는 법, 그래서 망설인다. 하지만 일단 저지르고 보면 부정보다 긍정을, 비관보다 낙관을 깨닫는다. 나도 그랬다. 그 시간이 버겁거나 감당 불가하게 다가오지 않았다. 오히려 조언에만 귀를 기울여 망설였던 시간들이 아깝게 느껴지는 경우가 많았다. 유학 생활 내내 나를 지배한 생각은 이런 것이었다.

— 한 살이라도 더 어릴 때 오면 참 좋았을 텐데.

생각이 별로 없어야 걱정도 적고, 결정도 빠르게 할 수 있는 것 같다. 잘 알아보지도 않고 준비하지 말라는 말이 아니다. 자기 혼자 힘으로, 나홀로, 해외에 나가서 공부하고 학위를 따는 것은 어찌 보면 특별하고 대단한 일 같아 보이지만 그렇다고 특별하고 대단한 사람들만 할 수 있는 건 아니라는 것이다. 영어를 못한다면 영어를 공부하면 되고, 유학 정보가 없다면 유학 정보를 알아보면 되고, 유학 경비가 필요하다면 돈을 모으면 된다. 캐나다에는 나처럼 워킹 홀리데이 비자를 받아 1년 동안 일을 하면서 모은 돈으로 학교에 가는 사람이 많다. 학교에 다니면서도 주 20시간은 일할 수 있기 때문이다. 단단한 결심과 부지런한 습관들이 모이면 유학 경비와 커리큘럼을 따라가는 문제, 언어 문제 등은 큰 걸림돌이 되지 않는다.

뜻이 있는 곳에 길이 있다는 말이 참 좋다. 그 말이 진실임을 온몸으로 경험하며 깨달았기 때문이다. 유학 또한 마찬가지다. 유학이라는 뜻을 품었다면 그 뜻이 길을 열어 줄 것이다. 이때 필요한 것은 오직 그 길로 향해 나아가는 나의 힘뿐이다.

― 나의 용기와 나의 실천력.

노동자에서
학생으로

당시 내 막연한 계획은

캐나다에서 1년 6개월을 보낸 후에

워킹 홀리데이로 독일을 가는 것이었다.

그러다가 다시 생각해 보니

그건 아니었다.

유럽을 가본 적도 없는 내가

단지 독일이 '음악의 나라'라는 이유 하나로?

무모한 일이라고 생각을 고쳐먹었다.

결국 나는 지낼 곳도, 일할 곳도 있고

이미 친구도 많은 토론토에 남기로 결정했다.

그럼 계속 여기 남으려면 어떻게 해야 할까?

더 나은 환경에서 연구를 하기 위해서, 영어와 전공 두 마리의 토끼를 잡기 위해서, 외국 대학 졸업장이 필요해서 등, 유학의 목적은 사람마다 다양하지만 캐나다로 유학을 가는 사람들의 절반 정도는 사실 '이민'을 위해 유학을 선택한다. 캐나다 이민에 있어 대학 졸업장이 필수조건은 아니지만, 캐나다 학위가 있으면 가산점이 붙어 영주권 취득에 유리하다.

내가 칼리지 진학을 고민하던 2015년에는 많은 사람이 유학보다는 취업을 고민했다. 이민정책에서 고용주를 찾아 지원을 받는 것이 캐나다 학교를 졸업하는 것보다 훨씬 점수가 높았기 때문이다. 당시에는 심지어 캐나다 학교를 졸업했어도 결국 이민을 지원해 줄 고용주를 찾아야 한다며 헤매는 사람들이 많았다.

이런 상황 속에서 '곧 이민법이 바뀐다'는 소문이 돌았다. LMIA라고 불리는 고용주 지원이 600점에서 고작 50점으로 낮아지고, 캐나다에서 학교를 졸업한 사람들에겐 가산점이 추가로 부여된다는 내용이었다. 사실 캐나다의 이민법은 매번 이민정책에 따라 바뀌는 터라 정답이 없었다. 정말 바뀔 것인지, 내가 졸업할 때 즈음에 또 바뀌는 건 아닌지, 정말로 고용주의 도움 없이 온전히 나 스스로 영주권을 취득할 수 있을지 도무지 알 수 없었다.

하지만 원래 미래의 일은 예측할 수 없지 않나. 당시 내가 막연하게나마 세웠던 계획은 캐나다에서 1년 6개월을 보낸 후, 워킹 홀리데이로 독일을 가는 것이었다. 그러다가 다시 생각해 보니 그건 아니었다. 유럽을 가본 적도 없는 내가 단지 독일이 '음악의 나라'라는 이유 하나로? 무모한 일이라며 생각을 고쳐먹었다. 게다가 그곳에 가면 독일어를 새로 배워야 했다. 결국 나는 지낼 곳도, 일할 곳도 있고 이미 친구도 많은 토론토에 남기로 결정했다. 그럼 계속 여기 남으려면 어떻게 해야 할까? 이때부터 나는 본격적으로 영주권에 대해 생각했던 것 같다. 너는 왠지 유럽보다는 북미가 어울릴 것 같다는 주변 사람들의 우스갯소리와 캐나다에 남으면 미국 여행을 좀 더 자주 갈 수 있겠지 싶은 내 순진한 바람이 나를 캐나다에 붙들어 놓은 것이다. 그렇게 대학 공부를 하기로 결정했다. 한국에서 다니던 대학은 졸업하지 않았으니 내 최종학력은 고졸이었다. 고졸이 대학을 간다니 부모님은 쌍수를 들고 환영하셨다. 한국에서 좋은 대학에 재학 중인 친구들은 캐나다와 한국의 대학을 비교하며 진학을 포기하는 경우가 생겼지만 나는 아니었다. 가족 전원이 대찬성이었다. 혹시나 캐나다 정착에 실패해 한국에 돌아오더라도 학력이 생기니 아쉬울 건 없겠다. 부모님은 아마도 이런 마음이었으리라.

캐나다에서 2년제 대학인 칼리지에 진학하는 방법은 크게 세 가지가 있다. 대학 입학용 영어 시험인 아이엘츠나 토플 시험을 본 후 지원하는 방법, 학교에서 자체 진행하는 입학 시험을 치르는 방법, 그리고 학교와 연계된 어학원에서 수업을 듣다가 학교로 옮기는 방법이다. 방법마다 장단점이 뚜렷하여 학생 본인의 상황에 맞는 방법을 선택하는 것이 중요하다. 무엇이 좋을까? 대학 입학용 영어 시험 점수를 당장 만들기에는 무리가 있다. 대학 학비도 내가 겨우 감당할 수 있을 수준인데 추가로 어학원에 돈을 들일 수 없다. 그럼, 내게 남은 방법은 하나뿐이었다.

— 학교 자체 입학시험.

급하게 두 달 동안 과외를 구해 공부를 시작했다. 당장 에세이 쓰는 법이 급했다. '그래, 떨어지면 독일 가지 뭐.' 하는 가벼운 기분으로 웃곤 했지만 사실 겉으로만 당당했지 속으로는 무척이나 간절하고 절박했다. 결과는 놀랍게도 합격.

막상 결정하고 나니 고민했던 시간이 무색하도록 모든 게 빠르게 진행되었다. 실수도 연발했다. 워킹 홀리데이 비자에서 학생비자로 바꿔야 했는데, 잘못해서 관광비자로 바꿨던 것이다. 어처구니 없는 실수에 한숨이 절로 나왔다.

그보다 더 큰 문제는 바로 내 마음이었다. 한국에서 본격적으로 영어시험을 준비해 본 적도, 회화를 공부해 본 적도 없어서인지 나 자신에 대한 의구심이 들었다. '어학원도 아닌 대학이라니, 과연 잘 다닐 수 있을까.' 마음속에서 이런 의구심이 시작되자, 자신감이 사라지고 갑작스레 내게 주어진 모든 새로운 상황이 두렵게 다가왔다. 한국에 있는 가족들과 친구들이 기뻐하며 축하해 주는 것이 달콤했고 '대단하다'라는 칭찬도 듣기에 좋았지만, 마음 한편에 머물고 있는 걱정은 내내 사라지지 않았다.

— 대체 내가 무슨 짓을 벌인 거지? 난 특별한 사람이 아닌데 어쩌지!

칼리지에서 맞이한 첫 날을 기억한다. 외국인 노동자에서 유학생이 된 첫 날, 첫 수업을 위해 강의실을 찾을 때의 그 기분. 그날은 1월이라 꽤 추웠는데 — 토론토의 1월은 매우 춥다 — 시간표에 나와 있는 강의실 번호가 무슨 뜻인지 알 수 없어 1층에 앉아 있던 경비 아저씨에게 물었다. 아저씨는 시간표에 나와 있는 번호로 강의실 위치를 찾는 법을 친절하게 설명해주며 즐거운 학교생활을 빌어주었다. 엘리베이터를 타고 첫 수업을 받기 위해 올라가는데 가슴이 그렇게나 콩닥콩닥 뛰었다. 이게 설렘인지 아니면 두려운 마음인지. 동양인 외국 학생은 나 혼자였다. 인생 첫 영어 발표를 했던 강의실, 여기가 대학인지 고등학교인지 헷갈릴 정도로 친구들과 떠들며 와자지껄하게 수업을 받던 그곳, 나는 4학기 내내 나와 함께했던 그 강의실로, 씩씩하게 걸어들어갔다.

그렇게 나의 칼리지 생활이 시작되었다.

한국의
노답들

캐나다 문화를 '모자이크'라고 표현한다.

그만큼 다인종, 다문화로 이루어진

매우 개방적인 국가이다.

장차 캐나다에 오게 될 다음 사람들은

부디 닫힌 마음일랑 한국에 두고

열린 마음만 가지고 왔으면 좋겠다.

내가 존중받고 싶은 만큼

다른 사람도 존중할 준비가 되어 있는 사람이라면

캐나다에 누구보다 쉽게 적응할 수 있을 것이다.

학교를 졸업한 후, 나는 한국인이 운영하는 한 유학원에서 일했다. 팁 문화인 캐나다 특성상 레스토랑이나 펍에서 서빙을 하는 것이 사무직보다 훨씬 많이 번다. 팁과 관계가 없는 한국 유학원은 박봉에 속하는데, 게다가 한국 유학원은 캐나다 안에 있으면서도 한국식 마인드를 따져서 일하기 피곤하다. 하지만 이런 열악함에도 불구하고 많은 사람들이 유학원이나 어학원에서 일하는데 그게 다 영주권 취득에 유리하기 때문이다. 내가 처음 이 유학원을 선택한 것도, 열악한 여건임에도 버틴 이유도 영주권 때문이었다. 하지만 이유야 어찌됐든 한국인들끼리 모여있는 사무실의 분위기는 나름 재미있었다. 그곳에서 다양한 어학연수생과 유학생들을 만날 수 있어 유익하기도 했다. 나는 특히 나와 같은 이유로, 혹은 조금 다른 이유로 캐나다에 온 사람들에게 관심을 갖지 않을 수 없었는데, 몇몇 사람들은 특히나 기억에 남는다. 만남 자체는 유쾌했지만 캐나다에서 시간을 버리고 있다는 인상은 지울 수 없었던 순간들도.

— 굳이 왜 캐나다에 왔을까?

부모 지원 없이 모든 것을 스스로 해결해내야만 했던 그 당시의 나는, 타지에서 많은 걸 즐기려는 사람들을 보며 소중한 시간을 버리고 있다고 생각했다. 어쩌 보면 부러움일 수도 있겠다. 누군가는 부모님의 풍족한 지원을 받으며 캐나다의 아름다운 자연과 다양한 경험을 손쉽게 누릴 수 있었으니까. 하지만 그 감정이 정확히 한심함으로 바뀌는 지점이 있었다. 바로 한인타운이었다. 캐나다인지 한국인지 구분이 안 될 만큼 '한국적으로' 사는 학생들이 그곳에 많았다. 그룹으로 몰려다니며 한국 술집에서 소주를 마시고 클럽에 가고, 숙취가 심하다는 이유로 태연하게 다음날 수업을 빠지는 학생들. 처음으로 부모님과 떨어져 타지에서 혼자 살게 되었으니 자유분방해지는 것은 당연한 것이라 이해했지만 굳이 함께 어울려 놀며 친하게 지내고 싶지는 않았다.

사실 이런 사람들은 그래도 괜찮다. 남에게 피해를 주지 않으니까. 더 심한 '노답'들도 많았다. 한국에서는 쉽사리 보이지 않던 진상들이 어디서 그렇게나 튀어나오는지, 이럴거면 제발 물 흐리지 말고 돌아가라고 말해주고 싶을 정도였다. 학생들에게 소소하게 사기를 치고 돈을 뜯어가는 사람이 있는가 하면, 이곳의 개방적인 문화를 이해하려 하지 않고 되려 한국의 잣대를 들이미는 사람도 있었다. 외국 여행할 때 농담처럼 종종 듣는 유명한 말, '한국 사람 조심해라'. 그 말이 실감나는 순간이었다.

— 한국인 사기꾼을 조심할 것.

캐나다는 동성결혼이 합법이다. 그런데도 이곳까지 와서 동성애자들을 욕하고 비하하는 어이없는 색안경들도 종종 만났다. 대체 어쩌자는 것인지. 본인이랑 생각이 다르면 적당히 피하거나 어느 정도 거리를 유지하면 될 일이었다. 하지만 내가 만난 그들은 피하기는커녕 욕을 했고 심한 말을 할 권리가 있는 것처럼 행동했다. 너무나 쉽게 타인을 단정하고 무례할 정도로 남들을 판단하고 단점을 지적하는 사람들을 볼 때마다 자꾸만 화가 났다. 그러므로,

— 한국인 색안경을 멀리할 것.

어느 날 내 주변을 돌아보니 벌써 꽤 많은 한국인 유학생들과 멀어져 있었다. 조금 슬픈 일이었다.

캐나다는 자국의 문화를 '모자이크'라고 표현한다. 그만큼 다인종, 다문화로 이루어진 매우 개방적인 국가라는 뜻이다. 그렇기 때문에 장차 캐나다에 오게 될 다음 사람들은 부디 닫힌 마음일랑 한국에 두고 열린 마음만 가지고 왔으면 좋겠다. 내가 존중받고 싶은 만큼 다른 사람도 존중할 준비가 되어 있는 사람이라면 캐나다에 누구보다 쉽게 적응할 수 있을 것이다.

무엇보다 다양한 사람들과 더 즐겁게, 더 잘 지낼 수 있을 것이다.

토론토는
내 구역

일단 잘 적응하고 살면서
밝고 긍정적인 에너지를 회복하자.
원래의 나로 돌아가는 것,
그것만이 처음 목표였다.
그다음의 미래는
너무 멀어서
미처 생각하지 못했다.

토론토 공항에 도착하던 날, 입국 절차에 꽤 긴 시간이 걸렸다. 출발하기 전 인터넷으로 입국 절차에 관한 다양한 경험담을 읽어두었기 때문에 크게 걱정되거나 무섭진 않았다. 간혹 이민관 실수로 비자 종이에 1년보다 더 짧은 기간이 적혀 있다더라, 그런 말들을 들어 꼼꼼히 체크한 정도? 그 정도의 이벤트가 있었다. 입국장을 빠져 나오는데 잘생긴 공항 보안관이 보였다. 잘생겨서 그런지 긴장이 스르르 풀렸다. 외국인으로 가득 찬 공항에서 만난 미남 보안관이라니. 마치 할리우드 영화 속에 들어온 것 같아 잠깐 설레기도 했다. 공항을 빠져 나오니 온통 영어와 불어로 된 표지판이 보였다. 실감이 났다. 집에만 박혀 있던 한국 집순이가 태평양을 건너 캐나다에, 드디어 토론토에 오다니! 가슴이 떨렸다. 곧이어 아담한 주택들이 끝없이 이어지는 이국적인 풍경이 눈에 들어왔다. 그 집들은 분명, 아파트가 아니었다.

나도 몇 번은 일본이나 상하이 같은 가까운 국가들을 홀로 여행한 적이 있었다. 하지만 길어야 일주일이었고 그 이상으로 머문 적이 없었다. 살아본 적도 물론 없었다. 떠나고 싶어도 막상 떠나지는 못하는 집순이었다. 그러다가 어느 순간 마음이 급해졌다. 마치 집순이의 집이 벼랑 끝에 몰려 있는 모양새랄까. 절벽에서 떨어지는 것보다는 토론토행 비행기가 낫겠다 싶었다.

어떻게 될지 모르니 비행기 표를 왕복으로 사라는 주변의 만류가 있었다. 그럼에도 불구하고 나는 무슨 생각에선지 편도 티켓을 샀다. 적응해야지. 부정적인 사고를 바꿔야지. 그런 의지의 표현이 비행기표에 담겨있었다. 한국으로 돌아오는 비행기 표가 있다면 그게 나를 유혹하고 흔들어댈 게 분명했다. 토론토행 비행기 안에서 플래너를 꺼내 이런 문장을 썼다. 비장한 마음이었다.

— 나는 이제 다시 태어난 거야. 나는 할 수 있어.

일단 캐나다에서 1년 길게는 1년 6개월 동안 잘 적응하고 살면서 밝고 긍정적인 에너지를 회복하자. 원래의 나로 돌아가는 것, 그것이 처음 목표였다. 그다음의 미래는 너무 멀어서 미처 생각하지 못했다. 당시의 나도, 내 주변의 어떤 사람도 토론토에 도착한 내가 그날부터 6년이나 그곳에서 지낼 것이라고 생각하지 않았다.

그런데 신기하게도 내가 캐나다에서 내 계획보다 훨씬 더 오래 머물 것이라 예측한 사람이 딱 한 명 있었다. 토론토에 20년 넘게 살고 계신 이모부의 막내 동생이었는데, 아무런 준비도 없이 떠나는 내가 불안했던 이모가 시누이에게 한 달만 나를 돌봐 달라고 부탁한 것이다. 공항에서 그분을 만나 인사를 하고 이런저런 얘기를 나누며 집에 왔다. 그런데 이야기가 얼마나 이어졌을까. 그분이 갑자기 한마디를 던졌다.

— 내가 볼 때 넌, 여기 오래 있을 것 같다.

— 저요? 에이, 제가 무슨…

그때만 해도 말도 안 된다는 생각이 들었는데 거짓말처럼 나는 그 후로 6년을 더 살았고 영주권을 얻었다. 그때 그분은 내게서 무엇을 느낀 걸까? 내게 토론토에 어울리는 어떤 특별한 아우라라도 있었던 걸까?

토론토에 온 지 고작 이삼 개월이 지났을 무렵, 캐나다의 수도인 오타와로 1박 2일 여행을 간 적이 있었다. 캐나다에서 하는 첫 여행이었다. 짧은 여행 일정을 마치고 토론토로 다시 돌아오는데 도시에 입성하자마자 아이고 소리가 절로 나왔다. '돌아왔다'라는 생각과 함께 역시 집이 최고라는 생각도 들었다. 고작 3개월 있었으면서. 웃음이 나왔다. 그 후에도 다른 곳으로 여행갈 때면 항상 토론토가 갖는 특유의 편안함과 안정감이 그리웠다. 그러고는 토론토로 돌아올 때마다 똑같은 생각을 반복하는 것이다.

— 내 구역에 왔구나.

언제부턴가 '토론토는 내 구역'이라는 말을 자주 한다. 다시 내 구역으로 돌아갈 거라고.

돈?
답정너의 해결책

경제적인 인유로 유학을 망설이는 사람들에게

'할 수 있다'는 말 대신

'어렵지 않았어요'라고 말해주고 싶다.

여유가 없으면 외식을 자주 할 수 없고

다른 사람과 방을 함께 써야 하는 불편함 정도.

그것이 어렵지 않다면,

감수할 수 있다면,

돈 때문에 유학을 못 가겠다는

두려움은 접어둬도 된다고.

답은 정해져 있다.

1년의 워킹 홀리데이 생활을 마쳤을 때, 캐나다 은행 계좌에는 일만 달러가 있었다. 우리나라 돈으로 천만 원 정도다. 세금 환급을 신청하고 보니 추가로 천 달러 조금 넘는 돈이 계좌로 들어왔다. 계좌에 쌓인 돈을 조금씩 쓰며 한 달 동안 캐나다 밴쿠버와 미국 북동부, 북서부를 돌았다. 앞으로의 진로를 고민하고 휴식을 하기 위해서였다. 여행이 끝났을 때 나는 다시 토론토로 돌아와 칼리지 입학시험을 준비했다.

워킹홀리데이와 유학은 다르다. 유학에는 워킹도, 홀리데이도 없다. 누구나 자연스럽게 돈 걱정과 공부 걱정을 하게 되는 것이다. 그리고 그 둘 중에서는 아무래도 돈 걱정이 우선할 것 같다. 유학비용은 만만치 않으니까.

캐나다에 오기 전 나는 한국에서 5년 동안 아르바이트와 직장 중간쯤 되는 일을 했다. 5년이 끝났을 때 총 3천만 원의 돈이 통장에 들어 있었다. 정규직 직장인들이 보기에는 작은 돈이겠지만 내게는 청춘과 맞바꾼 것과 다름없었기에 그 돈은 3천만 원 이상의 가치가 있었다. 그래서인지 캐나다 워킹 홀리데이가 끝나고 대학 진학을 결심했을 때, 이 돈을 학비로 쓰는 것이 과연 잘하는 일일지 백 번 넘게 고민했다. 결국엔 쓸 거면서도 그랬다. 애초에 내 통장에는 목적이 있었는데 그것은 언젠가 다시 하고 싶은 일이 생기면 돈 때문에 못 하는 일이 없도록 하는 것이었다. 그래도 막상 쓰려니 망설여졌다. 만약 당장 이 돈이 아까워서 쓰지 않고 은행에 넣어두면 당장은 편할지 모르지만 결국 통장의 의미는 사라진다. 그렇게 스스로를 다독였다.

내 스스로를 설득했던 또 다른 논리도 있었다. 한국에서 대학을 다니는 것보다도 적게 들지 않냐는 경제성(?)의 논리였다. 캐나다와 한국의 한 학기 등록금은 비슷하거나 캐나다가 조금 비싼 셈이지만 캐나다에선 4학기만 다니면 졸업이므로 결과적으로는 돈을 덜 쓰게 된다. 그런데 한 친구가 '왜 한국 4년제 대학과 캐나다 2년제를 비교하냐'며 한국 2년제 전문대학과 비교해야 한다고 지적했다. 한국의 2년제 전문대학이 있고 4년제 대학교가 있듯이, 캐나다에도 2년제 대학(College)과 4년제 대학(University)이 구분되어 있는 게 아니냐며 애초에 한국 4년제 대학과 비교하는 거 자체가 맞지 않는 것이라면서 말이다. 그 말을 듣고 보니 나의 경제성 논리가 무색해졌다. 말문이 막힌 나는 돈은 또 모으면 된다고 얼버무렸다. 유학에 이미 마음을 굳힌 나는 사실 이미 '답정너'였던 것이다.

— 돈은 나중에 또 모으면 되지. 그냥 한번 해보자.

칼리지는 2년 과정과 3년 과정이 있다. 내가 지원한 비즈니스-마케팅 프로그램은 2년 과정으로 총 4학기였다. 다행히 재료비가 필요한 수업이 아니라서 다른 전공과 달리 학비가 비교적 저렴했다. 환율도 나쁘지 않았다. 캐나다 환율이 1달러에 천 원을 넘기던 시절, 즉 캐나다 달러가 미국 달

러와 맞먹거나 조금 비싸기도 했던 시절에 유학했던 사람들은 피눈물을 흘렸다고 했다. 나는 2016년 비교적 안정세였던 환율 덕택에 부모님의 도움 없이 내 선에서 해결할 수 있었다. 한국에서 모은 돈 3천만 원 중에 정확히 2천5백만 원이 학비로 들어갔으니 한 학기당 약 650만 원 정도였던 셈이다.

곧바로 아르바이트 자리를 알아봤다. 어학원과 대학교 과정의 학생에게 주어지는 비자는 조금 다른데 대학교에 다니는 학생비자로는 일주일에 20시간의 합법적 노동이 가능하다. 반면 어학원에 다니는 학생들은 일을 할 수가 없는데, 그래서 생활비와 집세 등을 고려하면 어학원에 다니는 것이 오히려 비싼 경우가 있다. 아무튼 나는 학교에 다니면서 일을 해야 했으니 자연스럽게 힘든 일은 피하게 됐고, 팁을 받는 일을 찾기 시작했다. 팁을 받아야 짧은 시간을 일해도 돈을 더 벌 수 있었다. 어디가 좋을까? 석 달간 고민하고 발품을 판 끝에 드디어 일자리를 얻었다.

— 일본식 라면집.

한식당처럼 반찬이 있는 것이 아니고, 라면 그릇이 올려진 쟁반 하나를 가져다 주면 끝이다. 다른 곳보다 일하기 수월할 것이다. 나는 한인 사이트에 라면집 공고가 올라오길 기다렸다. 기다림은 생각보다 길었다. 하지만 결국 면접을 볼 기회가 왔다. 한국인 사장님과 함께 일하게 되었다.

학기 시간표에 따라 일주일에 일하는 기간은 이틀에서 삼일 정도였다. 토론토에서는 2주에 한 번씩 일한 임금을 주는데 2주간의 주급과 팁으로 생활비를 충당했다. 방값과 휴대폰 통신료를 감당하는 삶이 워킹 홀리데이에서 시작돼 유학생 시절까지 이어진 것이다. 나는 워킹 홀리데이 때 모아둔 천만 원을 가능한 한 쓰지 않고 통장에 항상 남겨 놓으려고 했다. 무슨 일이 일어날지 모를 타지에서 이 돈은 비상금이었다. 돈 관리에서 비상금은 없는 돈이었고 그저 내 심리적 안정을 위해서만 존재했다. 통장에 그 돈이 없었다면 얼마나 압박 받았을까? 얼마나 불안에 떨었을까? 존재만으로 고마운 돈이었다. 그 존재를 지키기 위해 나는 라면집에서는 졸업할 때까지 일했고 라면집 사장님의 추천으로 졸업 후 바로 유학원에 취업할 수 있었다.

나는 술자리를 좋아한다. 술을 많이 마시는 편은 아니고 그저 술자리의 분위기를 즐긴다. 술은 주로 맥주만 마시며 담배는 피우지 않는다. 담배 값이 워낙 비싸다 보니 비흡연자가 해외에서 흡연자보다 훨씬 생활비를 덜 쓰게 된다. 캐나다에서 소주는 우리나라 가격의 7배, 담배는 약 3배정도 비싸서 캐나다에서 소주를 즐겨 마시며 담배를 피운다면 적지 않은 금액을 지출할 것이다. 다만 요즘도 온라인에 종종 학교 다니면서 아르바이트를 하면 생활비 충당이 가능하냐는 질문들이 올라오는데, 그 질문에 선뜻 그렇다고 대답하진 않는다. 사람마다 경험이 다르고, 내 경험이 그의 경험으로 이어질 거라 보장하지 못하니까. 어디까지 사람과 상황에 따라 달라질 수 있는 부분이라 확답을 주기 망설여진다.

소주와 담배 대신 내가 즐긴 것은 커피와 맥주였다. 캐나다의 커피 값이 우리나라보다 훨씬 싸서 어쩌나 다행인지. 스타벅스 톨사이즈 아메리카노가 한국 돈으로 3천 원 정도였으니 캐나다 최저 임금을 고려했을 때 크게 부담스럽지 않았다. 스타벅스는 하나의 예시일 뿐 더 저렴한 카페도 얼마든지 있었으므로 실로 커피는 언제나 내 '소확행'이었다.

경제적인 부담감 때문에 유학을 망설이는 사람들이 많다. 그들에게 '할 수 있다'는 말 대신 '어렵지 않았어요'라고 말해주고 싶다. 여유가 없으면 외식을 자주 할 수 없고 다른 사람과 방을 함께 써야 하는 등의 불편함이 생긴다. 만약 그 정도가 어렵지 않다면, 감수할 수 있다면, 적어도 돈 때문에 유학을 못 가겠다는 두려움은 접어둬도 된다고. 답은 정해져 있다.

유학생의 하루

타지에서 혼자 살며
나는 가끔씩 속으로 날을 세웠고
점점 예민해졌다.
그렇게 뭔가가 쌓여
내가 감당하기 어렵다고 느껴질 때면
나는 잠을 잤다.
잠을 자고 나면
뭔가 풀리는 기분이 들었다.
스트레스가 과도할수록
나의 잠도 점점 치열해졌다.

캐나다에서 칼리지를 다니면서 아르바이트로 생활비를 충당했다고 말하면, 어떤 사람들은 마치 외국에서 엄청 열심히 생활하며 원하는 바를 이루어냈으니 대단하다고 칭찬한다. 나는 이럴 때마다 솔직히,

— 당황스럽다.

그건 오해다. 생각하는 것만큼 힘들게, 바쁘게, 열심히, 악착같이 살지 않았다. 오히려 '워홀러'였을 때가 훨씬 바빴다. 워홀러 시절에는 주 80시간이라는 극한 노동을 이어가면서도 각종 모임과 파티에 빠지지 않고 참석했다. 오죽했으면 같은 집에서 살던 언니가 옷장을 열어 내 짐가방을 확

인해 볼 정도였다. 내가 하도 안 보이니 한국에 돌아간 줄 알았단다. 노동과 유흥을 병행(?)하느라 바빠 집에서는 쪽 잠만 자던 시절이었다. 그때는 왜 그렇게 정신 없이 살았을까? 제한된 시간 때문에 생긴 일종의 '강박'이었을까? 열심히 일하고, 열심히 놀고, 최대한 많은 사람을 만나고 최대한 많은 경험을 해야만 한다는 일종의 강박. 정작 학교에 입학해서 유학생 신분이 된 다음에는 오히려 잠을 충분히 자며 여유 있게 생활했던 것 같다. 내게 주어진 시간이 충분했으니까. 물론 체력도 줄어서 친구들과 만나 노는 횟수도 줄어들었다.

첫 학기가 시작된 지 얼마 지나지 않아 이사를 했다. 학교에서 버스로 10분 정도 걸리는 곳이었다. 1교시 수업이 걸리지 않으면 굳이 일찍 일어날 필요가 없었으므로 9시까지 잠을 잤다. 1교시가 생기면 8시에 일어나야 했는데 그게 그렇게 힘들 수가 없었다.

아침 식사는 주로 학교에서 먹었다. 집에서 차려먹기도 했지만 대부분 학교 식당에서 베이글을 먹었는데 그러면서 왜 캐나다 사람들이 아침 출근길에 줄을 서서 커피와 베이글을 사먹는지 알게 되었다. 간단하고 빠르고 맛있다. '워홀러'로 일할 땐 베이글을 만드는 입장이라 몰랐는데 학생이 되어 베이글을 주문하고 보니, 점점 '아침은 베이글'이 내 일상처럼 굳어졌다.

— 이제 나도 현지인처럼 되어가는구나.

내 하루는 대체로 이렇게 흘러갔다. 시간표를 잘 짜면 주말을 제외하고 일주일에 이틀, 혹은 삼일은 학교에 가지 않아도 된다. 이런 날에는 일을 한다. 다행히 라면집 사장님이 편의를 봐줘서 매 학기 바뀌는 시간표에 맞춰 일하는 요일을 조정할 수 있었다. 보통 하루에 적게는 2개에서 많게는 4개의 수업이 있었는데 시간표를 촘촘히 짜서 공강은 거의 없었다. 3시간짜리 수업의 경우 교수님이 30분정도 일찍 끝내 준 적이 종종 있었는데 이럴 때면 시간을 덤으로 벌었다 좋아하며 도서관으로 달려갔다. 빈 시간에 틈틈이 과제를 해야 했기 때문이다. 최대한 과제를 미리 해놔야 중간고사와 기말고사 기간에 오는 '폭탄'을 피할 수 있다.

오후에 수업이 끝나고 귀가하면 집에 있는 식재료로 요리를 한다. 캐나다는 외식 비용이 만만치 않기 때문에 친구들과 약속이 있는 게 아니면 꼭 집에서 먹었다. 다음날 시험이 있는 게 아니라면 저녁에는 최대한 내 시간을 쓰기 위해 노력했다. 나는 룸메이트와 함께 생활했으므로 같은 공간에 있으면 수다를 떨었고 수다 떠는 재미에 시간 가는 줄 몰랐지만 내 시간을 확보하는 것도 중요했다. 그래서 쌓인 공부나 밀린 과제라도 있는 날이면 방에 있기를 포기하고 카페로 나왔다. 그래야 비로소 집중할 수 있었다.

공동 생활은 나름 재미있지만 이런 생활이 반복되면 나도 모르게 스트레스가 쌓인다. 학교에서 캐나다 학생들과 함께할 때에도 내 스스로가 이방인이고 유학생이라 그런지 예상치 못하게 버거운 기분을 느낄 때가 있었다. 그렇게 타지에서 혼자 살며 나는 가끔씩 속으로 날을 세웠고 점점 예민해졌다. 그렇게 뭔가가 쌓여 내가 감당하기 어렵다고 느껴질 때면 나는 잠을 잤다. 잠을 자고 나면 뭔가 풀리는 기분이 들었다. 스트레스가 과도할수록 나의 잠도 점점 치열해졌고 잠을 너무 잔 탓인지 마지막 학기에는 몸무게가 7킬

로나 붙어 있었다.

이렇게 유학생의 하루하루가 쌓여 졸업할 때가 되었다. 졸업할 때 받은 내 학점은 내 기대만큼 우수하지 않았다. 애당초 '학점 관리 잘해서 나중에 기회 되면 4년제 대학 가야지'라는 생각도 있었지만, 그 생각은 학기 중에 여러 장벽들을 헤쳐나가며 점점 바뀌었다. 나중에 나는 속으로 '낙제만 하지 말아라. 무사히 졸업만 하자'며 빌고 있었다. 그러므로 졸업 때 받은 성적은 나름 가성비 좋은 점수였다. 그렇게 스스로를 위로했다. 정말이지 투자한 시간을 생각하면 나쁘지 않은 졸업장이었다. 노력을 쏟은 만큼 바빴고 주변을 돌아볼 만큼 여유로운 유학생활을 했다. 무엇보다 어떤 일이든 대충은 하지 않았다는 게 마음에 든다. 내가 해야 할 일은 다하고 내 기준에 맞게 열심히 사는 것, 그것으로 충분하다.

떨려도
할 말은 하는 법

1등은 아니었다.

그래도 좋은 점수를 받았으니 됐다.

기억에 남을 만한 마무리였다.

— 너, 참 기특해.

중요한 순간에 말을 제대로 못해서

후회하는 일은 없어졌으니까.

마케팅 과목은 언어가 정말 중요하다. 마케팅을 포함한 비즈니스 전공은 내 기술이나 예술을 직접 선보이는 것이 아니므로 결국 듣고 말하고 보고 쓰는 게 대부분이다. 영어로 자료를 찾고, 발표하며, 시험을 보고, 토론하는 것이다. 때문에 극단적으로 표현하자면 영어를 제외한 다른 실력은 필요 없다고 봐도 된다. 상황이 이런 지라 영어가 내게는 큰 부담이었다. 영어권 학교에 다니므로 모든 과제를 영어로 하는 게 당연했지만, 마케팅 과정에는 프레젠테이션, 즉 발표라는 큰 산이 있었다.

나의 첫 프레젠테이션은 1학기 수업 시간에 있었는데 칼리지 입학 전 어학원을 다닌 경험이 없는 나는 단 한 번도 프레젠테이션을 해본 적이 없었으므로 많이 긴장했다. 다른 학생들이 어떻게 하는지 잘 보고 최대한 비슷하게 흉내 내보려고 했지만 눈에 잘 들어오지 않았다. 발표 과제는 회사를 하나 정해서 그 회사에 대해 설명하는 것이었다. 나는 우버라는 회사를 선택해서 최대한 정리했지만 역부족이었다. 너무 긴장한 나머지 내가 뭐라고 떠드는지조차 모르는 상태가 되고 말았다.

— 첫 발표를 망친 것이다.

내가 그 정도로 떨 줄 몰랐다. 난, 떨리면 정신 줄을 놓는 특징이 있다. 한국에서 대입 실기시험도 그렇게 망쳤는데 여기서도 떨 줄이야. 더군다나 이건 입시도 아니고 고작 한 과목 수업의 일개 과제가 아닌가!

발표를 위해 학생들 앞에 섰을 때 나를 향해 쏠리는 눈들이 그렇게나 무서울 줄 몰랐다. 다들 나를 노려보는 것 같았다. 달달 외운 내용을 정신없이 이야기 하자 발표의 필수 단계인 '질의응답' 시간이 다가왔다. 속으로 제발 아무것도 묻지 말라고 수십 번 기도했는데 그런 나를 비웃듯 질문이 들어왔다. "택시보다 우버가 더 안전하다고 생각하나요?" 나는 어떠한 설명도 없이 그저 "YES"라고 대답하고 자리로 쏙 들어갔다. 지금에 와서 털어놓기 창피하지만 그때는 그럴 수 밖에 없었다.

발표가 끝나고 나자 남은 학기들이 끔찍하게 느껴졌다. 입학하기 전에 어학원을 다녀볼 걸, 그것도 아니라면 좀더 기술적으로 보여줄 수 있는 전공이라도 선택할 걸. 바보같이 이런 걸 예상 못하고 무작정 마케팅을 선택한 내 자신이 원망스러웠다. 하지만 이제 와서 전공을 바꾸기엔 늦었다. 되돌릴 수 없는 1학기 학비와 시간을 포기할 수는 없지 않은가. 어떻게든 잘 버티고 살아남으리라.

이후 거의 모든 수업에서 한두 번의 프레젠테이션이 있었다. 혼자서 할 때도 있었고 다른 학생들과 함께하기도 했으며 발표 시간이 짧을 때도 있었고 부담스러울 만큼 길 때도 있었다. 나처럼 유학생들끼리만 했을 때도 있었고 나 혼자만 유학생인 경우도 있었는데 이러나저러나 부담스러운 건 마찬가지였다. 수없이 내용을 읽고 또 읽고 연습을 할 때마다 '한국어로 하는 거였으면 얼마나 쉬웠을까?' 하는 생각이 절로 들었다.

앞에 나가 발표를 하는 것도 문제였지만 내 차례가 올 때까지 기다리는 것도 괴롭긴 마찬가지였다. 내 이름이 호명되어 앞으로 나갈 때, 문득 뒤를 돌아보면 교수님과 다른 학생들이 쳐다보고 있었다. 순간적으로 토할 것 같았다. 눈앞은 까만데 머릿속은 하얬다. 땀 흘리며 달달 외운 내용을 말하다 보면 어느새 발표가 끝난다. 다른 학생들의 박수를 받으며 자리로 돌아가는 동안에도 끝났다는 안도감보다 이유 모를 창피함이 더 컸다. 이상했다. 사람들 앞에서 노래를 부르거나 춤을 출 때도 이런 기분은 아니었는데 이게 뭐라고 나를 이렇게까지 작아지게 만드는가.

그러다 마지막 학기에 광고 수업을 듣게 되었다. 역시나 그룹으로 준비해야 하는 중요한 발표 과제가 있었다. 학교의 두 졸업생이 토론토 하키팀의 감독 캐리커처를 담아 만든 양말 브랜드를 효과적으로 홍보하는 가상의 광고 발표였다. 실제로 과제에서 1등을 한 팀에게는 졸업 후 그 회사에서 인턴 생활을 할 수 있는 자격을 줬다.

외곽 도시와는 달리, 토론토 같은 대도시 한가운데 위치한 우리 학교에는 나 같은 유학생들이 많았다. 주로 인도, 중국, 한국 유학생들이 많았는데 광고 수업을 듣던 유학생들끼리 뭉치게 되었다. 우리는 모두 같은 생각이었다. '인턴은 아니야. 정식으로 취업하는 게 필요해. 졸업 후 하루라도 빨리 취업을 해야 하니 인턴은 상관없고 점수만 잘 받아보자.' 마치 졸업과제처럼 느껴진 이 발표에서는 모든 팀원이 말을 하는 게 아니라 팀원들이 뽑은 사람만 대표로 발표할 수 있었다. 하필이면 우리 팀은 모두 영어를 모국어로 하지 않는 유학생들이었는데, 다들 캐나다에 어릴 때 온 것도 아니라서 영어가 부담스러운 눈치였다.

결국, 나와 이집트에서 온 친구가 발표자로 뽑혔다. 다른 팀원들의 몫까지 해내야 한다고 생각하니 걱정스러웠다. 팀원들이 못해도 된다며, 그래도 내가 자기들보다 낫다며 격려해주었다. 게다가 다행스럽게도 우리 발표 시간에 다른 팀은 강의실에 들어오지 못하게 되었는데, 그렇게 되자 청중은 오직 교수님 한 명뿐이었다. 날 바라보는 사람이 한 명뿐이라면? 해볼 만하단 생각이 들었다.

우리는 하키 경기장에서 게임과 SNS 이벤트를 통한 홍보방법으로 과제를 준비했다. 팀원들과 함께 소리를 지르며 강의실에 입장한 후, 실제 경기장 밖에서 사람들에게 외치듯이 "무료 응원 도구 받아 가세요."를 외쳤다. 교수님에게 다가가 "오늘 게임 이길 것 같나요? 사진을 인터넷에 올리면 무료 응원 도구를 드려요."라고 말하며 연기했다. 내 머릿속에는 온통 '마지막이다. 이 교수님도 이제 볼 일 없다'는 주문으로 가득했다. 무서울 게 없다고, 당당해지라고 끊임없이 속으로 중얼거렸다. 앞에 서 있던 이집트 친구가 마침내 "당신은 지금 저희의 홍보 일부를 직접 경험하셨습니다."라고 말하며 본론으로 들어갔다.

발표 직후 교수님은 우리의 아이디어를 칭찬하시며 "직접 경기장에 온 느낌이었고 두 명의 발표자가 잘 정리했다."고 평가하셨다. 강의실을 나오자마자 우리들은 방방 뛰었다.

교수님의 칭찬에 한껏 고무된 우리는 이러다가 1등을 하면 어쩌냐고, 인턴을 하기에는 난감하다며 마구 김칫국을 들이켰다. 뿌듯했다. 이것이 마지막 프레젠테이션이라는 게 아쉽기까지 했다. 결과는? 1등은 아니었다. 그래도 좋은 점수를 받았으니 됐다. 기억에 남을 만한 마무리였다.

— 너, 참 기특해.

이후 살면서 '아직까지는' 남들 앞에서 발표하는 일은 별로 없었다. 그래도 이때 '떨려도 할 말은 하는 법'을 조금 배운 것 같다. 적어도 면접 같은 중요한 순간에 말을 제대로 못 해서 후회하는 일은 없어졌으니까.

내 친구 모하메드

— 그거 돼지고기인데 알고 먹는 거니?

— 돼지고기라니? 페퍼로니는 페퍼로니지.

— 페퍼로니는 소시지같은 거고 그러니까 돼지고기지.

모하메드는 대체 무슨 말이냐며 아니라고 우기더니
휴대폰으로 검색을 시작했다.
곧 입과 눈이 동그래졌다.

— 김치 먹어봤어?

누군가 내게 이렇게 묻는다면 얼마나 황당할까.

— 너 피라미드 봤어?

반대로 이집트에서 온 친구에게 이렇게 물어본다면 얼마나
멍청하게 들릴까. 이 멍청한 질문을 바로 내가 했다. 내 친
구 모하메드에게. 그는 이집트에서 왔다.

학교 첫날, 겨우 찾은 강의실에 가 보니 'College English'라
고 하는 기본 영어수업이 진행 중이었다. 대학 생활을 할

수 있는 영어를 배우는 것이니 부담이 적었다. 뭔가 분위기도 고등학교 수업처럼 왁자지껄하고 재미있었다. 수업에 참여한 학생들은 서로 놀리기도 하고 장난도 치며 쉽게 친해졌다. 나는 이 수업에서 모하메드를 만났다. 내 인생에서 처음 만난 이집트 사람이었다. 솔직히 내 앞에서 웃고 있는 그 친구가 어느 나라에서 왔는지 굳이 생각해 본 적도 없고 관심도 없었는데 그의 입에서 '이집트'라는 나라의 이름이 튀어나왔다. 입이 떡 벌어졌다. 그러고는 아무 생각 없는 멍청한 질문이 튀어나왔다.

— 피라미드 본 적 있어?
— 당연하지.

갑자기 머쓱해졌다.

— 질문이 좀 멍청했지?

다행히 그는 꽤 많은 사람이 피라미드에 관해 묻는다며 대수롭지 않아 했다.

영어수업에는 다양한 전공의 학생들이 섞여 있었다. 모하메드는 나와 같은 마케팅 학과였다. 신기하게도 시간표가 비슷했다. 1학기 이후에도 꽤 많은 수업이 겹쳐 학교생활 내내 함께했다. 학교가 끝나고 친구들과 파티를 하는 자리에도 종종 초대해서 친구들과 다 같이 어울리기도 했다. 그는 나보다 영어도 잘했고 자신감도 넘쳤다.

이국 땅에서는 옆에 누군가 있으면 위안이 된다. 혼자 있거나 모르는 사람들과 있을 때 나도 모르게 움츠러들었는데 그런 면에서 모하메드가 있어 정말 다행이었다. 항상 같이 다녀주는 그가 있어 나는 내 성격을 모두 드러내며 즐겁게 학교를 다닐 수 있었다. 그가 없었다면 학교를 무사히 마칠 수 있었을까 싶을 정도로 우리는 가까웠다. 모하메드는 타지 생활 중에 생기는 수많은 문제와 푸념을 언제나 잘 들어주었다.

우리는 아침 수업 전에 항상 캐나다에서 가장 유명한 커피 체인인 팀홀튼 커피를 마셨다. 어느 날 갑자기 모하메드가 커피를 마시지 않겠다며 마실 수가 없다고 했다. "뭔 소리야? 마실 수 없다니?"라고 묻자, 그는 내게 라마단 기간에 관해 설명해 주었다. 모하메드는 내 첫 이집트인 친구임과 동시에 첫 무슬림 친구였기에 나는 큰 충격을 받았다. 학교 세계사 시간에서나 들었던 '라마단'을 진짜 지키는 사람이 있다니! 라마단 기간 중에는 해가 져야만 물과 음식을 먹을 수 있다. 왠지 그 앞에서 커피와 베이글을 먹기가 미안해서 내려놨더니 그가 손사래를 치며 전혀 그럴 필요가 없다고 거듭 설명했다. 본인에게 음식을 먹으라 강요하지만 않는다면 앞에서 먹는 것은 상관없단다.

이런 독실한 이슬람교도 모하메드도 대형 실수를 한 적이 있다. 어느 날 학교 카페테리아에서 보란듯이 페퍼로니 피자를 먹고 있었던 것이다.

— 그거 돼지고기인데 알고 먹는 거니?
— 돼지고기라니? 페퍼로니는 페퍼로니지.

이상한 궤변이었다.

— 페퍼로니는 소시지같은 거고 그러니까 돼지고기지.

모하메드는 대체 무슨 말이냐며 아니라고 우기더니 휴대폰
으로 검색을 시작했다. 곧 입과 눈이 동그래지면서 큰 충격
을 받았다. 그날 나는 공짜 피자를 먹었고 그는 다시는 페
퍼로니를 입에 대지 않았다.

이집트에서 약사였던 모하메드는 비자에 문제가 생기면서
급히 칼리지에 입학한 경우였다. 학생비자라도 받아야 했
기 때문이다. 그래서 마지막 학기엔 캐나다 약사 자격증 시
험을 준비했고 그래서 얼굴을 자주 볼 수 없었다. 학교를
마치고 세 개의 자격증 시험을 통과한 그는 상대적으로 이
민이 쉬운 매니토바주로 이동해 약사로 일하면서 영주권
을 땄다. 이후 토론토로 돌아왔지만 그때 나는 이미 토론토
를 떠난 뒤라 만날 수 없었다. 세어보니 졸업 후에는 고작
세 번 만난 게 전부다. 그중 한 번은 내가 영주권 최종 승인
서류를 받고 국경에 가야 할 시기였다. 차가 없어 가지 못
하자 그가 친절하게도 이른 아침 나이아가라 국경 근처까
지 차를 태워줬다. 그날 모하메드는 두 시간 내리 운전을

해야 했을 뿐만 아니라 국경에서 허탕을 쳐서 잔뜩 화가 난 내 분풀이까지 들어줘야 했다. 고맙다며 기름값을 내겠다는 나를 한사코 사양하던 모하메드. 나는 친구 사이에 당연하다고 말하던 그에게 고작 커피 한 잔을 사주고 헤어졌다. 이후 내가 한국으로 들어오면서 만나지 못했고, 이제는 시간이 꽤 흘렀지만 그는 언제나 가슴 깊이 고맙고 또 고마운 내 친구로 남아 있다.

국제연애,
뭐가 부러워?

국제 연애나 국제 결혼의 장점은
무엇일까?
단점은 바로 생각이 나는데
장점은 한참을 고민해도
잘 생각이 나지 않는다.

캐나다로 떠나기 전까지 나는 이성에 전혀 관심이 없었다. 그저 영화 속에 나오는 배우들이나 팝 가수들을 동경한 것이 전부였다. 그러다가 캐나다로 워킹 홀리데이를 떠났고, 결과적으로 지금까지 한국인을 사귀어 본 적이 없다. 물론, 연애를 안 한 건 아니었다. 캐나다는 워낙 다인종, 다문화 국가라서 의도하지 않아도 다양한 사람들, 쉽게 말해 '이렇게까지 다를 수 있구나' 하는 생각을 절로 갖게 해주는 사람들을 많이 만날 수 있다. 그중에는 어릴 때 부모님을 따라 캐나다로 이민온 교포(이런 경우 흔히 1.5세라고 부른다)도 있는데, 이상하게도 나는 전혀 다른 문화와 언어를 쓰는 사람들보다 교포가 더 이해가 안 가는 경우가 많아서 저절로 거리감이 생겼다.

캐나다 생활이 어땠는지에 대한 질문만큼이나 외국 남자와 사귀면 어떤지에 대한 질문도 많이 듣는다. 아무래도 주변에 2~30대 여성들이 많기 때문일 것이다. 덕분에 주변 친구들이 갖는 국제 연애에 대한 환상도 자연스레 알게 되었다. 그런 그들에게 나는 열심히 수다를 떨며 그 환상을 깨주곤 했다. 내 생각에 국제 연애나 결혼은 장점보다 단점이 훨씬 많기 때문이다. 솔직히 국제 연애의 환상을 깨며 친구들의 반응을 보는 것은 꽤 즐겁기도 했다. 그럼에도 불구하고 여전히 많은 친구가 국제연애를 부러워하기만 했다. 상황이 이렇게 되자 문득 국제연애를 원하는 심리가 궁금해졌다. 캐나다에 있을 때 만났던 한국인 커플은 내게 이렇게 반문했다.

— 같은 한국인끼리도 이해하고 맞춰가며 살기가 이렇게 힘든데 서로 문화가 다르고 언어도 다르면 얼마나 힘들겠어?

결혼 생각이 없는 나는 이 문제를 진지하게 생각해 본 적이 없었다. 게다가 한국 남자를 만나본 적도 없어서 비교 자체가 불가능했다. 그런데 그 커플이 단점으로 뽑은 그 언어문제가 국제연애를 꿈꾸는 사람들에게는 오히려 장점으로 꼽혔다. 외국인과 연애하면 현지인 같은 영어를 구사할 수 있다고?

내 생각에 영어가 모국어인 남자와 사귀면 영어가 늘 것이라는 예상은 반은 맞는 것 같다. 영어 실력이 낮은 편이라면 마치 엄마가 아기에게 계속 모국어를 들려주는 것처럼 옆에서 계속 영어로 떠들어주는 남자 친구는 좋은 스승이 된다. 어쨌든 대화를 이어 가려면 본인이 하고 싶은 말을 잘 표현해야 하므로 듣는 것뿐만 아니라 말하기나 쓰기도 짧은 시간 안에 많이 는다. 학교에선 배울 수 없는 신조어, 줄임말, 비속어 같은 살아있는 언어는 덤이다. 그런데 영어 실력이 중간 이상인 사람들이 원어민과 연애를 한다고 해서 원어민처럼 되는 건 아닌 것 같다. 아는 언니의 경우 캐나다 남자와 결혼한 이후에 오히려 영어가 줄었단다. 대신 형부의 한국어 실력은 많이 늘었다고.

국제 연애나 국제 결혼의 장점은 무엇일까? 단점은 바로 생각나는데 장점은 한참을 고민해도 잘 생각이 나지 않는다. 단점이라면, 예를 들어 한국식 사고방식이나 정서가 통하지 않는다거나, 문화와 생각 차이 때문에 자주 싸운다거나, 나라간 거취 문제나 가족 문제로 헤어지기 쉽다거나…. 한국식 연애에 익숙한 사람이라면 서로 연락하는 횟수나 이성 친구 문제로 좀 시끄러워질 수도 있다. 그렇다면 장점은?

내 경우를 되짚어 굳이 좋았던 점을 꼽자면, '다름'에서 생기는 차이가 좋았다. 그래서 끌렸다. 하지만 그게 전부였다. 다름에서 오는 끌림은 한국에서도 연인들이 사귀는 이유이며 헤어지는 이유가 된다. 서로가 달라서 끌리고 서로가 달라서 끝이 나는 연인들. 한국에서라면 상상조차 하지 못했을 영화 같은 만남도 있었지만 '왜 내가 시간 낭비, 감정 낭비, 심지어 돈 낭비를 했을까?' 하는 생각이 절로 드는 만남이 더 많았다. '그 애가 불행해지도록 해주세요'라고 기도한 적도 있었다. 내 연애가 아련한 사랑이나 미련, 또는 평생 못 잊을 어떤 모습을 남겼다면, 아니면 내가 꼭 맞는 사람을 만나 결혼이라도 했다면 국제연애도 좋다며 추천했을지도 모르겠다. 하지만 국제연애는 결국 내게 '나 자신'을 남겼을 뿐이었다. 매 순간 내 감정에 솔직했던 나 자신. 비록 상처를 받았을지라도 그 순간에 정성을 다했으므로 후회는 없다. 모든 경험이 그렇지만 상처는 특히 돈 주고도 살 수 없는, 아니 솔직히 돈 주고는 절대 안 살 경험이다. 그래서 나는 연애에서 많은 것을 배웠다. 누군가 외국에서 유학생활을 하며 국제 연애를 꿈꾼다면, 이렇게 말할 정도로.

— 신중해라. 무조건.

이성을 만날 땐 당연히 신중해야겠지만, 외국에서는 더 시간을 두고 지켜보는 게 좋다. 그리고 항상 스스로에게 물어보는 것이다.

— 저 사람이 아주 이상한 사람이라면?

그리고 가슴에 손을 얹고 생각하는 것이다.

— 지금 그저 심하게 외로운 건 아닌지.

유학생활의 덤

몇 달 후에
여행을 떠난다는 사실이
학기 내내 큰 힘이 되었다.
일이 잘 안 풀릴 때에도
실망하지 않을 힘.
조금만 참으면
먼 곳으로 떠나
쉴 수 있다는 의미.

학기가 시작되고 한 달쯤 지나면 과제와 중간고사 기간이 슬슬 압박으로 다가온다. 그럴 때 즈음, 나는 떠날 도시를 정하고 비행기 표를 샀다.

― 그게 참 위로가 되니까.

몇 달 후에 여행을 떠난다는 사실이 학기 내내 큰 힘이 되었다. 일이 잘 안 풀릴 때에도 실망하지 않을 힘. 조금만 참으면 먼 곳으로 떠나. 쉴 수 있다는 의미. 학교도 가고 일도 다니는데 돈 문제를 해결하고 시간까지 내서 해외로 놀러 간다고? 하지만 이게 그렇게 어려운 일은 아니었다.

— 심심할 때 계획을 세운다.

— 뭐든 조금씩, 미리 준비한다.

이렇게 하면 빡빡한 유학생활에 뭔가 덤이 생긴 기분이 들었다. 공부와 일도 하지만, 잘 놀기도 한다는 나만의 위로랄까. 물론 노는 데에는 돈이 필요하다. 내 경우엔 학교에 입학하기 전에 워킹 홀리데이로 모아둔 캐나다 달러가 있었다.

외국에서 유학한다고 공부만 열심히 하란 법은 없다. 나처럼 부모님 지원 없이 유학을 온 경우, 학교와 아르바이트만 병행하는 단순한 생활만 있을 거라 추측하기도 하는데, 꼭 그렇지는 않다. 나는 나름 놀았다. 아니, 최선을 다해 놀았다. 돈도 없고 시간도 없었기 때문에 한 가지 분명해진 사실이 있었다. 이대로 돌아가면 다시 캐나다 올 일이 없을 것이라는 사실. 공부와 아르바이트만 하다가 한국으로 돌아가면 얼마나 아쉬울지 너무나 자명했다.

대학 입학 전 1년 6개월 동안 나는 '워홀러'로서 토론토에 살았다. 그때는 일하고(워킹) 놀아야 하는(홀리데이) 비자라 공식적으로 '미친듯이' 놀았다. 초반에 캐나다 친구를 몇 명 사귀고 나니 술자리나 파티가 있을 때마다 갈 수 있었고 그곳에서 그 친구들의 친구들을 사귀었다. 때로는 친구가 끌고 간 자리에서 내 친구도 모르는 타인들과 친구가 됐다. 캐나다는 한국에 비해 친구 사귀기가 쉬웠다. 새로운 사람 만나기를 좋아하는 나로서는 신나지 않을 수 없었다. 친구들이 가는 모든 파티에 참석하다 보면 어느새 나는 나름 유명인사가 된다. 그러다 보니 자연스레 친구들도 늘었다. 하지만 대학에 입학한 후에는 과제와 시험에 밀려 전처럼 마음 편히 자주 놀지 못했다. 틈틈이 짬을 내 맥주를 마시거나 저녁 모임에 참석하는 것이 전부였다. 그래도 '경험'만 놓고 보자면 대학 이후의 삶이 대학 이전보다 훨씬 흥미롭기도 했다. 그건 다 룸메이트 덕분이었다. 사실 워킹 홀리데이 기간에 외국인들하고만 살다 보니 한국인이 몹시 그리워졌다. 내 주변에 친구들은 넘쳤지만 그중 한국인은 단두 명 뿐이었는데 다행히 대학에 입학하고 얼마 지나지 않아 마음이 잘 맞는 동양인 룸메이트들을 만났고, 새 아파트에서 함께 살게 되었다. 우리는 집에서 이것저것 요리하는데 재미를 붙였다. 주로 한국음식이었지만 일본인 룸메이트는 가끔씩 일본 요리를 해줬고 1월 1일에는 다같이 모여 일본 전통음식으로 새해를 축복했다. 그때의 장면이 영화의 한 장면처럼 남아 있다. 함께 살았던 내 룸메이트, 아니 캐나다 가족들은 아직까지도 자주 만나고 이야기를 나누며 자매들처럼 지내고 있다.

토론토의 겨울이 거의 6개월간 지속되는 데 반해 여름은 짧고, 덜 습하다. 그래서인지 여름 내내 많은 사람이 밖에 나와서 햇빛을 즐기고 크고 작은 이벤트와 축제도 이때 많이 열린다. 나도 질세라 공원에서 내가 아는 모든 친구들을 초대해 성대한 바비큐 파티를 연 적도 있다. 나를 중심으로 친구들이 서로 연결되는 모습이 참 좋았다. 그들 중에 몇몇과 나는 1박 2일 캠핑을 떠나기도 했다.

캐나다의 대자연은 존재 자체가 하나의 거대한 캠핑장이자 여행지다. 그래서 나는 친구들과 캠핑을 자주 떠났다. 캠핑은 친구들과 함께했다면 여행은 혼자서 떠났다. 나홀로 여행은 학기가 끝날 때마다 내가 스스로에게 내리는 상이었다. 내가 선택한 대학 과정은 여름방학 없이 4학기를 연달아 듣고 졸업하는 프로그램이었으므로 학기 사이에 2주 정도 짧은 방학이 있었다. 나는 이 기간에 여행을 떠났다.

1학기가 끝나고는 마이애미로, 2학기 후에는 서유럽으로, 3학기가 끝나고 연말엔 유명한 휴양도시인 멕시코 칸쿤 옆 '플라야 델 카르멘'이란 곳에서 특별한 크리스마스를 보냈다. 4학기 마치고 그러니까 학교를 졸업하고 난 뒤에는 한국에 들어왔다. 두 달 동안 머물 수 있는 비행기 표를 샀는데 중간에 급하게 취업이 되면서 비행기 표를 변경해야 했다. 결국 나는 한국에서도 2주 간 짧게 머물렀다.

유학이라는 시간은 한정되어 있고 지나면 다시 찾아오지 않는다. 거의 대부분 평생 딱 한 번의 기회로 그친다. 많은 유학생이 그 사실을 망각하는 것 같다. 학교 수업 말고 뭔가를 더 배운다거나 봉사활동을 해보는 것, 동호회에 가입해 보거나 하다못해 조깅을 정기적으로 해보는 그런 일들이 생각보다 중요한 경험이며, 그 작은 활동으로 생활이 얼마나 윤택해지는지 겪어보지 않으면 잘 모른다. 한국에서는 가기 힘든 캐나다 주변 지역을 여행하는 것도 유익하고, 현지에서 공연을 보러 가는 것도 아주 좋다. 만만치 않은 유학비와 생활비를 쓴다는 생각에 악착같이 공부할 수도 있지만 그러지 말자. 공부만 하고 학위만 따기엔.

— 그 귀한 시간이 너무 아까우니까.

나는
외동딸이다

.

한국에서 하고 싶다는 일이 뭐니,

계획은 있는 거니,

진행은 어떻게 되는 거니…

다 마신 컵은 바로 정리해야지 뭘 하고 있느냐,

아침에 늦잠자면 어떡하느냐,

집에 일찍 들어와야지 뭐하는 것이냐,

규칙적인 생활은 대체 언제 할 것이며

술은 왜 또 마시는 거냐…

지겨운 잔소리를 하는 엄마라도

보고 싶어 죽겠다며 우는 순간이 다시 오겠지.

— 나는, 외동딸이니까.

나는 외동딸이다. 남들만큼 금지옥엽 자란 것 같진 않지만
어쨌든 외동딸이다. 엄마와 아빠에게 하나밖에 없는 자식.
그래서인지 칼리지 입학을 앞두고 한국을 떠날 때, 엄마는
나를 보며 우셨다. 아니 거의 오열하셨다. 당신 딸이 캐나
다에 잠시 다녀오는 게 아니라 눌러 살려는 목표로 떠난다
는 걸 이미 알고 계셨기 때문이다. 엄마가 울자 덩달아 옆
에 있던 아빠와 사촌 동생까지 울기 시작했고, 나 또한 함
께 울지 않을 수 없었다.

— 대체 무슨 부귀영화를 누리겠다고 가족을 떠나 그 멀리
까지 가서 혼자 살겠다는 건지.

비행기를 탔는데도 한참 동안이나 눈물이 흘러내렸다. 캐나다에 와서도 그리운 가족 생각에 한국으로 돌아가겠다며 짐을 싼 적도 있다. 이런 나의 우울함을 알아챘는지 언제인가부터 한 친구가 매번 나를 밖으로 불러냈다. 나는 그 친구의 손에 이끌려 사람들 무리 속으로 들어갔다. 그 친구가 아니었다면 나는 정말 한국으로 돌아갔을지도 모른다. 당시의 나는 사람들과 어울리며 마음을 다잡았다.

— 역시 내가 있어야 할 곳은 이곳이야.

그럼에도 불구하고 한국으로 돌아가고 싶던 순간, 아니 정확히 말하자면 가족의 품으로 파고들고 싶던 순간이 있었다. 바로 경조사가 있을 때였다. 사촌 누가 결혼한다더라, 이번 명절에는 어디로 모인다더라, 여름 방학 때 제주도로 여행을 가기로 했다… 친척들이 모여서 찍은 사진만 봐도, 하다못해 친구들이 동네 치킨 집에 모여 맥주를 마신다고 보낸 메시지만 받아도 갑자기 귀국 욕망이 솟아올랐다. 무엇보다 딸 없이 부부 단둘이 앉은 부모님의 생일상 사진을 봤을 땐 불효자가 된 것 같았다. 어쩔 수 없는 일이잖아, 라고 중얼거려봤지만 죄송한 마음은 가시지 않았다.

드디어 영주권을 취득한 날! 나는 영주권이 내게 더 큰 자유를 줬다고 믿어 의심치 않았다. 영주권 자체가 어디로든 날아갈 수 있는 비행기표 같았다. 이 비행기표를 쥐고 사랑하는 가족들과 오랜 친구들 곁으로 돌아가고 싶었다. 잔뜩 기대를 하고 귀국한 나는 얼마 지나지 않아 사람 마음이 얼마나 간사한지 깨달았다. 내가 돌아간 그곳에 외동딸을 둔 애틋한 엄마는 없었던 것이다. 두 팔 벌려 환영해 준 아빠의 미소도 오래 가지 못했다. 내가 느꼈던 향수병은 대체 뭐였던 건지, 나는 고개를 갸우뚱거렸다. 한국에서의 내 일상은 엄마의 잔소리로 채워져 갔다.

그래, 한국에서 하고 싶다는 일이 뭐니, 계획은 있는 거니, 진행은 어떻게 되는 거니… 다 마신 컵은 바로 정리해야지 뭘 하고 있느냐, 아침에 늦잠자면 어떡하느냐, 집에 일찍 들어와야지 뭐하는 것이냐, 규칙적인 생활은 대체 언제 할 것이며 술은 왜 또 마시는 거냐… 최근에는 외국 친구들과 오랜만에 수다 떠느라 3시간밖에 못 잤다고 했더니 어김없이 잔소리가 날아왔다.

아니, 왜 피곤한 건 난데 엄마가 난리야? 내가 미성년자도 아니고 놀겠다는데 왜 참견이야? 참다 못한 내가 불만을 터뜨리면서 말싸움이 시작됐다. 엄마와 나의 말싸움은 곧 감정싸움으로 이어진다. 캐나다에서 향수병에 시달리느라 깜박 잊고 있었는데, 과거에도 지금도 내 한국 생활의 태반은 끊임없이 이어지는 엄마의 잔소리와 감정 실린 나의 대꾸로 이뤄져 있다.

— 엄마 잔소리를 군말 없이 듣고 있기엔 난 너무 오랜 시간 자유롭게, 내 마음대로 살았다고!

뭐 이렇게 소리지를 수도 있겠지만, 그럼 대화는 또 다른 감정 싸움으로 이어질 것이다. 그렇게 난 오랜만의 한국 생활이 여러모로 내 예상과 들어맞지 않았음을 인정해야 했다. 친구들도 바빠서 밀린 수다는커녕 자주 만나지 못했고 꿈에도 나오던 경조사는 생각보다 자주 있지 않았다. 한국에서 꼭 하고 싶었던 일도 역시 일이고 현실이기에 기대

만큼 순간순간이 낭만적이지는 않았다. 하지만, 뭐, 그래도 괜찮다. 최선을 다해 웃고 떠들고 즐기려고 한다. 이제는 알기 때문이다. 다시 캐나다로 돌아가면 또다시 애틋해질 것이고 이 순간을 그리워할 거라는 걸. 지겨운 잔소리를 하는 엄마라도 보고 싶어 죽겠다며 우는 순간이 올 거라는 걸. 이것이 내가 엄마의 잔소리에 얼굴을 찡그리고 감정적으로 대꾸하면서도 어쨌거나 계속 듣고 있는 이유다.

— 나는, 외동딸이니까.

캐나다에
인종차별 있어요?

누구에게는 강하게,
누구에게는 약하게 느껴지는
캐나다의 인종차별.
하지만 나를 인종차별의 시험대 위에 서게 하는 것은
캐나다가 아니라 한국이었다.
유독 다른 인종을 비하하는 한국 사람들이 있다.
그냥 무의식적으로 말한 거겠지.
의도는 없을 거야.
못 들은 걸로 하자.
참다 참다가 인종차별적인 발언은 하지 말아 달라고,
그러면 이런 비아냥이 날아들었다.

— 대단한 캐나다인 나셨네.

6년 동안 캐나다에 살며 인종차별 당한 적은? 사실 거의 없다. 내가 겪지 않았는지, 아니면 있었는데 무시할 정도로 내 성격이 무뎠는지 그 부분은 잘 모르겠다. 왜 이렇게 말하냐 하면, 캐나다에서 인종차별을 당했다는 식의 이야기를 전해 들은 적이 있었는데 그때 내가 '왜 그런 생각이 들었어?' 라고 되물었기 때문이다. 어떤 문제에 대해 대수롭지 않게 여기는 사람도 있고 민감하게 느끼는 사람도 있다. 같은 상황이어도 받아들이는 사람에 따라 다른지라 내가 나서서 캐나다에 인종차별이 있다 또는 없다고 단정하기는 어렵다. 내가 겪지 않았다고 말할 수는 있겠지만.

하지만 인종차별 문제에 대해 이야기할 때 내가 비교적 자신 있게 말하는 부분은 있다. 캐나다가 애초에 이민자들이 세운 나라이며 다양한 인종들이 섞여 살고 있다는 사실이다. 그래서인지 유럽에 있는 국가보다는 이민자에 대해 조금 더 관대하지 않을까 조심스럽게 추측한다. 물론 다른 인종을 더 낮게 생각하고 무시하는 사람도 있겠지만 재미있는 건 그런 사람들도 자기 수준이 드러날까 봐 절대 다른 사람에게 티 내지 않는다는 것이다.

언젠가 지하철역에서 지나가던 아저씨에게 밀침을 당해 넘어질 뻔한 적이 있었다. 일부러 나를 민 것인지 아니면 어쩌다 그런 것인지 판단이 서지 않았다. 다만 사과하지 않는 그에게 너무 황당하고 화가 나서 순간적으로 얼어버렸다. 그때 어떤 백인 여자가 나서더니 "밀치지 마!"라고 버럭 소리를 질렀다. 누가 봐도 날 위한 행동이었다. 그녀의 목소리에 난 이성을 되찾았고 침착하게 가던 길을 갈 수 있었다. 묵인하지 않은 그녀에게 참으로 고마웠다. 그 당시 내가 나를 밀쳤던 그 정신 나간 남자에게 집중했다면 나는 분명 상처받았을 것이다. 누가 봐도 인종차별 문제라며 그 기억을 곱씹고 좋지 않은 기분으로 하루를 보냈을 것이다. 하지만 큰소리로 외친 여자 덕분에 이 사건은 '한 미친 사람'의 문제로 넘어갔다.

훗날 같은 길목에서 또다시 나타난 그 남자. 그는 내가 아닌 다른 누군가에게 시비를 걸었다. 알고 보니 매번 나타나 모두에게 고래고래 소리를 지르는 사람이란다. 그 말을 듣는 순간 나는 완벽하게 안심했다. 마지막까지 지니고 있던, 혹시 내가 동양인이라서 당한 게 아닐까 하는 희미한 의심에서 벗어났기 때문이리라.

사실 인종차별 문제는 동양인인 나보다 무슬림인 모하메드의 피부에 와 닿았던 문제다. 내 가장 친한 친구였던 그는 대학교를 졸업한 후 매니토바주로 옮겨 약사로 일했다. 그곳이 영주권을 취득에 더 유리했다. 하지만 영주권을 취득한 직후 그는 일말의 고민도 없이 토론토로 돌아왔는데, 매니토바주에서 돈을 더 많이 벌 수 있음에도 불구하고 돌아왔던 이유는 그가 그곳 사람들을 싫어했기 때문이었다. 대놓고 다른 약사를 불러달라고 요구하는 사람들이 있었다. 하루는 너무 피곤해서 조금 횡설수설했더니 할머니 손님이

약을 받으며 대뜸 이러더란다. "네 약 짓는 실력이 영어 실력보다는 낫길 바란다." 모하메드는 대수롭지 않게 말했지만 듣는 나와 친구들은 너무 놀라 입을 다물지 못했다.

안타깝게도 무슬림을 이유 없이 배척하고 경계하는 사람들이 동양인을 배척하는 사람보다 많다. 게다가 이민자가 많이 사는 토론토나 밴쿠버 같은 도시가 아닌 시골 지역으로 가면 상대적으로 백인들이 많기 때문에 무슬림에게 배타적일 가능성도 높아진다.

누구에게는 강하게, 누구에게는 약하게 느껴지는 캐나다의 인종차별. 하지만 정작 이제까지 나를 인종차별의 시험대 위에 서게 하는 것은 캐나다가 아니라 한국이었다. 캐나다에는 인종차별도 있지 않냐며, 세상에 한국 같은 나라 없다며 열변을 토하는 사람들 때문이다. 단일민족인 한국인에게 인종차별은 생소하므로 그 문제는 도드라지지 않는다. 하지만 캐나다에 다녀오고 인종차별에 대해 알게 되니 유독 다른 인종을 비하하는 한국 사람들이 눈에 띄었다. 예전에는 무심히 넘겼던 주변 사람들의 언행이 유독 튀어 보이기도 했다. 그냥 무의식적으로 말한 거겠지. 의도는 없을 거야. 못 들은 걸로 하자. 속으로 여러 번 생각하며 무시했는데 계속 이어지는 경우도 있다. 참다 참다가 인종차별적인 발언은 하지 말아 달라고 말을 꺼내면 이런 비아냥이 날아들었다.

— 대단한 캐나다인 나셨네.

나는 제발 그들이 평생 한국에만 머물길, 한국을 떠나는 일이 절대로 없길 바랐다.

요즘도 종종 생각한다. 한국에는 정말 인종차별이 없는 것인지, 혹은 캐나다보다 덜한 것인지, 내가 한국에 온 외국인이라면 어떻게 생각할 것인지. 그 생각은 점점 이렇게 번져간다. 내가 만약 캐나다에서 태어나고 자란 백인이었다면? 인종차별이 없다고 말할 수 있을까?

천국과 지옥

쉽게 구분하자면 두 나라는 이렇다.

— 캐나다는 심심한 천국,
— 한국은 재미있는 지옥.

나는 나를 바꾸고 싶었다. 그게 아주 아주 어려운 일이라는 생각이 들었을 때 캐나다라고 하는 지구 반대편에 있는 먼 나라로 떠나게 되었다.

— 내 주변이 바뀌면 나도 바뀌겠지.

예상대로 캐나다의 주변은 한국과 정반대였다. 우선 엄청 나게 심심했다. 심심했고, 또 심심했다. 어쩌나 심심한지 유학생들 사이에 유명해진 말도 있다.

— 캐나다는 심심한 천국, 한국은 재미있는 지옥.

위와 같은 이유로 의외로 많은 사람이 한국으로 돌아갔다. 심심한 천국보다는 재미있는 지옥이 낫겠다며 캐나다를 좋은 추억으로 남겼다. 〈다이내믹 코리아〉, 이 슬로건을 누가 만들었는지, 표현이 찰떡이다. 그만큼 한국은 다이내믹하고 열정이 넘쳤다. 할 게 많고 놀 게 많은 나라, 밤에도 시장이 열리고 뭐든지 배달이 가능한 나라, 집 앞에는 노래방이 즐비하고 대중교통으로 어디든 싸게, 그리고 쉽게 가는 나라. 설사 야근을 하더라도 상사 욕을 실컷 하며 새벽까지 소주를 마실 수 있다니, 재미가 없을 수 없다.

그에 비해 캐나다는 다소 조용하다. 물론 파티에서 만난 친구들과 춤도 추고 술을 마시며 주말을 즐기지만 그래 봤자 거기까지다. 외국 남자와 데이트도 해보고 콘서트도 가보고 틈틈이 스포츠 경기도 관람해도, 뭔가 심심하다. 이 나라에는 야근조차 없어서 6시 정각, 퇴근하는 순간부터 지루하다는 생각이 든다.

그래도 나는 한국으로 돌아갈 생각을 하지는 않았다. 캐나다가 '천국'이 된 내 나름의 이유가 있었기 때문이었다. 제일 큰 부분은 건강이었다. 나는 심각한 비염과 아토피 환자였다. 환절기에 내 코는 콧물이 줄줄 나오거나 막히거나 둘 중 하나였고, 손바닥에는 작은 물집이 잡히거나 피부가 벗겨졌다. 이십 년을 넘게 이렇다 보니 무의식적으로 코를 킁킁거리는 습관이 있었고 손가락에는 지문이 거의 남아 있지 않았다. 그런데 신기하게도 캐나다에 도착하자 이런 증상이 서서히 사라졌다. 한국을 떠나면서 잔뜩 준비해간 비염약과 피부약이 소용없어진 순간이었다. 캐나다 공기가 좋다는 것은 유명하지만 솔직히 아토피까지 나아질 줄 몰랐다. 나는 처음으로 비염과 아토피, 잦은 감기 증상 없이 살아가는 보통 사람이 되었다.

— 이건 분명 새로운 세상!

그런데 한국에 잠깐 들어왔을 때 갑자기 재채기가 다시 시작됐다. 재채기는 곧 비염으로 번졌고 설상가상 그 당시 기승을 부리던 미세먼지가 나를 괴롭혔다.

두 번째로는 젠더이슈가 있다. 한국을 떠나기 전에는 한국의 여성 인권이 낮다고 생각해 본 적이 없었다. 높다고 생각해 본 적도 없었다. 부끄럽지만 이 문제에 대해 단 한 번도 고민해 보지 않았다. 그런데 캐나다에 살기 시작하자 수많은 여자들이 보였다. 건설현장처럼 남성이 점유한다 생각했던 수많은 일터에서 태연하게 일하는 여자들. 나도 모르게 흠칫 놀랐다.

— 오, 여자분이시네.

흥미롭게도 캐나다에 사는 한국 남자들은 몸은 캐나다에 있으면서도 마음은 한국에 있는 듯 행동했다. 지극히 전통적인 생각을 가지고 과거의 나처럼 지내는 것이다. 그래서인지 학교에서 만난 중국인 아줌마가 "여성 인권이 정말 낮은 나라로는 한국, 일본, 인도가 있다."라는 말을 했을 때엔 정말이지 기분이 나빴지만 반박할 수가 없었다. 이후 나는 한국의 여성인권 문제와 남녀차별 같은 젠더이슈에 관심을 갖기 시작했고, 알면 알수록 한국사회와 약간의 거리감이 생긴다는 걸 인정하지 않을 수 없었다.

그리고 나를 한국에 돌아오지 못하게 만드는 세 번째 이유는 거리감과 오지랖이 묘하게 뒤섞여 있는 한국인의 특성 때문이다. 한마디로 설명하기는 좀 어렵다. 여기서 한국인의 거리감이란 모르는 사람과는 아무런 말도 하지 않고 안면을 익힌 사이라도 쓸데없는 이야기를 나누려 하지 않는 특성이다. 카페에서 모르는 사람을 봐도 인사하지 않고 안면을 튼 카페 주인과는 원하는 커피의 이름만 말하는 식이다. 그런데 이런 거리감이 무색하게 자신이 안다고 생각하는 타인에게는 갑자기 오지랖이 발동한다. 묻지도 않았는데 타인의 결정과 인생에 지나치게 간섭하고 참견하는 것이다. 이 두 가지가 공존하는 한국인의 특이함이 내게는 힘들었다.

언젠가 한국인 친구들과 토론토에서 피자를 먹으러 간 적이 있었다. 우리 테이블 담당 종업원 언니가 매우 친절해서 주문 전에 몇 마디를 나누게 되었다. 주문이 끝나자 친구들은 내게 '그런 쓸데없는 말은 왜 하냐'며 핀잔을 주었다. 마치 나를 영어로 대화하고 싶어 안달 난 사람으로 만들었는데, 캐나다에선 이런 스몰 톡small talk은 굉장히 자연스러운 일이고 인사를 할 땐 항상 안부도 함께 묻는다. 진짜 안부가 궁금한 게 아닌, 별 의미 없는 습관이라 할지라도 말이다. 그렇다고 타인에 대한 관심이 높은 것도 아니다. 구하지 않은 조언은 하지 않고 도움이 될 것 같지 않은 부정적인 의견은 굳이 어필하지 않는다. 나는 이런 캐나다 문화가 편했다.

캐나다는 지루한 천국이고 한국은 재미있는 지옥이라는 말은 분명 농담이다. 하지만 어떤 시기에 분명 한국은 내게 지옥이었다. 한국에 있던 그때의 나는 대학을 못 간 실패자, 화장도 잘 안 하는 여자, 남자 친구도 없고 외모도 평범한 여자였다. 그리고 쓸데없이 말 많은 성격의 소유자로 취급받을까 불안해했다. 다행히 캐나다에 오자 나는 그저 원하는 걸 잘 해내는 사람, 잘 웃는 사람, 유쾌한 이야기를 즐기는 사람이 되었다. 정말 다행이었다.

한국이 실제로 지옥처럼 살기 힘든 곳이 아니듯이 캐나다 또한 정말 천국처럼 좋은 곳은 아니다. 그래서 몸과 마음의 건강을 위해 정착하자고 마음먹었으면서도 나는 또 어느 순간 그 재미있는 지옥으로 달려가고 싶다. 천국과 지옥을 왔다 갔다 하는, 지도로 보자면 태평양을 오가는 유목민 정도가 되었다고 할까?

그러니까 '한국아, 영영 안녕'은 아니다.

졸업식이 없는
졸업

졸업식 날
함께 수업을 들었던 한국인 동생으로부터
'언니 왔으면 제 앞자리였어요.'라는 문자와 함께
내 이름이 놓인 빈 의자의 사진을 보내왔다.
기분이 참 묘했다.

— 가서 사진도 찍고 졸업장도 받을 걸 그랬나?

졸업장은 몇 주 후에 집으로 잘 배달되어
우체통에서 찾을 수 있었다.

대학 졸업식에 가지 않았다.

당장 쓸 생활비와 영주권 때문에라도 일자리가 필요했던
나는 마지막 학기가 끝나자마자 유학원에 취업했다. 일을
시작한 지 한 달 정도 지날 무렵에 졸업식이 있을 예정이
었다. '한창 바쁠 때인데, 아무리 여기가 캐나다라 해도 내
가 일하는 유학원이 한국 유학원이니 한국 회사나 마찬가
지 아닐까? 취업한 지 얼마 되지도 않았는데, 휴가 쓰기가
쉽겠어?' 휴가도 휴가였지만, 부모님이 없는 졸업식인지라
홀로 그곳에 앉아 수많은 학생들이 졸업장을 받는 모습을
지켜보며 내 차례를 기다린다는 게 조금 민망했다. 이게 뭐
라고 회사에 아쉬운 소리를 하면서까지 참석해야 하는지.

마침 나와 같은 시기에 졸업한 직장 동료도 졸업식에 가지 않는다 하니 자연스레 갈 생각이 없어졌다. 그런데…

졸업식 날 한국인 동생이 빈 의자 사진을 보내왔다. '언니 왔으면 제 앞자리였어요!' 메시지를 보는 기분이 참 묘했다.

— 가서 사진도 찍고 졸업장도 받을 걸 그랬나?

몇 주 후, 졸업장은 집으로 배달되었고 그렇게 내 대학 생활이 끝났다. 입학 때 설렘에 비하면 상대적으로 단조롭고 허무했지만 괜찮았다. 정확히 1년 후 함께 살던 룸메이트 동생이 졸업할 때까지는.

동생은 내게 자신의 졸업식에 참석해 달라고 했다. 동생의 학교는 나와 같았고 그때는 캐나다 회사에서 일하고 있던 터라 휴가 쓰기도 쉬웠다. 그래서 별 생각 없이 참석했는데 정작 졸업식장에 들어가자 이상한 기분이 들었다.

— 내 졸업식도 이랬겠구나.

나는 뒷자리에 앉아 동생의 졸업을 지켜보았다. 1년 전 나도 저 자리에 앉았겠지. 문득 마음이 쓸쓸해졌다. 그러고 보니 고등학교 졸업식도 안 갔네. 그때는 왜 안 갔을까? 생각해 보니 우리 엄마는 나랑 찍은 졸업 사진이 하나도 없구나. 졸업식에서 가운을 입고 친구들과 사진을 찍었다면 부모님도 분명 좋아하셨을 텐데… 이쯤 되니 갑자기 슬퍼지려 했다. 나는 왜 항상 이 모양일까.

난 후회하는 성격이 아니라고, 자신 있게 얘기하던 때가 있었다. 그러나 졸업식에 가지 않은 건 후회스럽다. 단순히 졸업식에 참석했냐 안 했냐의 문제가 아니었다. 어째서 학교생활을 '효율성'으로 따지기만 했냐는 자책이었다. 학교생활을 더 적극적으로, 다양하게 했어야 했는데 생활비를 스스로 벌어야 한다는 압박 때문에 나도 모르게 효율을 따진 걸까? 대학 내내 나는 학교에서 뭔가를 잘해야겠다는 마음보다는 무사히 졸업하자는 마음이 더 컸다. 낙제 없이 무사히 통과하는 것. 그게 내 바람의 전부였다. 수업 외 활동들은 귀찮은 일이거나 내 주제에 과분한 일, 딱 두 종류로 나뉘어 번번이 외면당했다. 내 졸업식도 그랬던 것 같다. 그러지 말았어야 했는데, 나는 뒤늦게 후회했다.

뉴욕에 여행 갔을 때였다. 뉴욕 대학 안 공원에 앉아 있는데 졸업생과 가족들이 우르르 몰려왔다. 사진을 찍어달라는 부탁에 카메라를 들이대는데 나도 모르게 멈칫했다. 카메라 액정화면에서 그 가족의 환한 미소가 확대돼 보였던 것이다. "자, 이제 찍을게요!" 그들과 비슷한 미소를 지으며 나는 속으로 다짐했다. 혹시라도 나중에 다시 학교에 간다면 꼭 졸업식에 참석하자고. 그때는 친한 친구들이나 가족들을 초대해 제대로 축하 받으며 보내야지. 지금은 다시 학교에 갈 계획이 전혀 없지만 사람 일은 모르는 거니까.

— 행복한 상상을 해본다.

왜
마케팅입니까?

나는 그날 내 가벼운 선택을 후회하지 않는다.
마케팅 전공 덕분에 취업을 했거나
영주권을 얻었기 때문이 아니다.
음악을 포기하고 일을 했을 때,
하던 일을 멈추고 워홀을 선택했을 때
느낀 한가지 때문이다.

— 전공 하나로
인생이 돌이킬 수 없게
변하지 않는다는 것.

워킹 홀리데이를 마치고 이제 제대로 공부 한번 해보겠다고 찾아온 내게 유학원 직원이 물었다. "어떤 전공을 원하세요?" 나는 꿀 먹은 벙어리처럼 가만히 있었다. 분명 나도 하고 싶었던 게 있었는데, 그게 뭐였더라. 입시 때 좌절된 음악을 지금도 꿈꾼다고 하면 이상한 걸까. 아니 그보다, 정말로 꿈꾸고 있기는 한가? 그 순간 여러 가지 생각이 얽혀 나는 쉽게 입을 열 수 없었다. 내 장황한 고민을 유학원에서 받아줄 것 같지도 않았다. 나는 그저 나를 바라보던 유학원 직원의 눈빛에서 당장 내게 닥친 문제를 읽을 뿐이었다.

— 딱히 공부하고 싶은 분야가 없다.

유학원에서는 마치 내가 그럴 줄 알았다는 듯, 재빨리 세 가지 전공을 추천했다. 간호학과, 조리학과, 그리고 유아교육과. 모두 졸업 후 취업이 매우 유리해 영주권까지도 생각할 수 있는 안전한 전공들이었다. 그렇지만 나는 전부 마음에 들지 않았다. 우선 피를 굉장히 무서워하는 나는 간호학과 가기에 부족했다. 언어도 문제지만 간호사가 피를 볼 때마다 기절할 수는 없는 노릇이니까. 그렇다고 조리학과를 가는 것도 맞지 않았다. 그건 내 평소 요리실력 때문이었다. 이렇게 얘기하면 내가 요리를 못할 것 같지만, 오히려 반대다. 나는 요리 하나는 정말 잘하고 좋아한다. 잘하는 걸 전공으로 하면 좋지 않느냐는 사람들도 있겠지만, 원래 잘하는 걸 굳이 배울 필요가 있을까 싶다. 더군다나 내 요리에 대한 나름의 사랑과 자부심이 있는데 이것을 일로써 한다면? 왠지 즐거울 것 같지 않았다. 마지막으로 유아교육과가 남았는데… 한국에서 내 나름의 경험도 쌓았던 유아교육은, 아이러니하게도 그 경험 때문에 포기하게 됐다. 아이들은 사랑스럽지만 아이들을 대하는 건 생각보다 많이 힘들다는 사실을 깨달았기 때문이다.

— 셋 다 아니었다.

결국 나는 학교에서 나눠주는 홍보 책자 맨 뒷면을 펼쳐 학과 리스트의 맨 위부터 아래까지 쭉 훑었다. 얼마나 쳐다보고 있었을까. 그래도 무난한 게 비즈니스라는 생각이 들었다. 유심히 살피며 비즈니스 안에 있는 세부전공을 정했다. 숫자는 싫으니 회계는 뺐다. 당시의 나는 HR(인사관리)이 정확히 뭔지 몰랐으므로 그것도 제외. 애매한 영어 단어 몇 개를 제외하다 보니 남은 전공이 마케팅이었다. 마케팅이라니, 왠지 익숙하다. 게다가 나중에 뭘 하더라도 마케팅이 중요한 시대니까 도움이 되지 않을까? 우연인지 필연인지 가장 최근까지 한국에서 읽었던 책들도 마케팅 서적이었고 그래서인지 미미하게나마 지식이 남아 있었다. 뭐라도 친근한 게 있으니 용기가 났다. 마케팅 과목은 2년 과정과 3년 과정이 있었는데 차이는 방학의 길이와 인턴십이었다. 나는 빨리 졸업하고 돈을 벌어야 했으므로 인턴십이 없는 가장 짧은 코스를 선택했다. 선거철도 아닌데 '최선이 아니면 차선으로' 같은 전략으로 하루 만에 전공을 결정한 것이다.

진리를 탐구하거나 혹은 직업에 대한 첫 단추를 끼우기 위해 진지하게 대학교와 전공을 고민하는 친구들이 많다. 그에 비해 나는 필요에 의해 대학에 가고 수요에 따라 전공을 택했다. 명확하게 설정되어 있는 영주권이라는 미래 때문이었다. 당시 내가 정한 전공으로 영주권을 얻을 수 있을지는 매우 불투명했지만, 적어도 영주권은 내 전공 선택에 도움을 줬다. 내 약점과 취향과 경험을 적절히 고려해 가면서. 유학원은 내 최종선택에 동의했고, 나이가 있으니 빨리 졸업하고 취업하는 게 좋겠다는 코멘트를 덧붙였다. 속전속결로 진행되는 진로상담(?)에 나는 좀 얼떨떨했던 것 같다.

나는 그날 내 가벼운 선택을 후회하지 않는다. 마케팅 전공 덕분에 취업을 했거나 영주권을 얻었기 때문이 아니다. 음악을 포기하고 일을 했을 때, 하던 일을 멈추고 워홀을 선택했을 때 느낀 한가지 때문이다.

— 전공 하나로 인생이 돌이킬 수 없게 변하지 않는다는 것.

첫 번째 직장과
두 번째 직장

이제와 돌이켜 보면

내게 주어진 상황이

항상 내가 걱정했던 것보다는

괜찮았다.

졸업하자마자

쫓기듯이 취업하는

절박한 상황은

어쩌면 내 스스로

만들어낸 게 아니었을까.

일주일 앞으로 다가온 4학기 기말고사, 그 시험을 끝으로 난 졸업을 할 예정이었다. 졸업하면 취업 준비는 어떻게 하지? 그 시기에 가장 큰 고민은 첫 직장이었다. 캐나다인도 아닌 내가 아르바이트도 아니고 정규직 일을 할 수 있을지 심히 걱정스러웠다. 이렇게 복잡한 심경을 안고 라면집으로 가니, 사장님도 눈치를 못 챌 수가 없었다. 당시 학기 중에 라면 집에서 파트 타임으로 일하고 있었던 터라 주 2회는 꼭 사장님과 마주했다. 사장님은 내 고민을 이미 알고 있는 듯, 평소에 나를 성실하게 봤다며 선뜻 일자리를 소개시켜 주겠다고 했다. 같은 교회에 다니시는 유학원 원장님이 직원을 구하고 있단다. 아니, 남들은 취업이 어렵다는데 기회가 이렇게 쉽게 오다니! 운이 정말 좋은 걸까? 나는 그렇게 졸업 직전에 면접을 보게 되었다. 이왕 이렇게 된 거 떨리는 마음을 철저히 숨기고 얼굴에 철판을 깐 채 밝은 성격을 어필해 보기로 했다. 사실 같은 한국인이라 부담감이 크지 않았다. 면접장으로 마련된 장소에 들어가 얼마나 떠들었을까? 원장님은 있는 말 없는 말 다 하며 면접장을 수다스럽게 만들고 있는 내가 생각보다 괜찮았는지 마음에 든다고 했다. 함께 일해보고 싶다! 나는 그 말이 좋아서 순간적으로 "저도 원장님이 마음에 들어요. 같이 일하는 거니까 제 의견도 중요하잖아요."라고 대답해버렸다. 이어지는 원장님의 호탕한 웃음. 그 웃음과 함께 내가 쌓아온 취업 걱정과 스트레스가 모두 사라지는 기분이었다. 꿈만 같았고 너무 행복했다.

— 하지만 그 행복은 오래가지 않았다.

유학원 사람들과 일하는 것은 여러모로 내게 한국 사회를 연상시켰다. 시스템부터가 한국적이었다. 캐나다는 2주에 한 번 일한 시간만큼 계산되어 임금을 받는 주급제다. 그런데 유학원은 마치 한국 회사처럼 한 달에 한 번씩 월급을

지급했다. 그렇게 되면 수당도 한국처럼 계산하게 된다. 야근수당은 물론이고 때로는 주말도 일해야 할 때가 있는데, 월급제는 하루하루 일당으로 계산되는 주급제가 아니었으므로 굉장히 '두루뭉술'한 급여를 받았다. 그런 상태에서는 나의 야근과 주말근무에 대한 수당이 얼마나 반영됐는지 알 수 없었다. 하지만 시스템이 불합리하게 돌아가도 나는 함부로 불평할 수 없었다. 그 당시 내 사수가 불평 한마디 없이 나보다 더 많은 일을 훨씬 오래 감당해 왔기 때문이다. 내가 건의하면 사람들이 다 잘하고 있는데 너만 그런다고 할까 봐, 혹은 신입이 건방지다고 할까 봐 걱정스러웠다. 흥미로운 건 업무 스타일은 다분히 한국적인 유학원이 한국회사들이 기본적으로 해준다는 4대 보험 같은 혜택은 제공하지 않았다는 것이다. 결과적으로 일은 많았고 받는 돈은 적었다. 상황이 이렇게 돌아가다 보니, 정신없는 신입 시절이 지나면서부터 나는 종종 극도로 예민해지거나 아예 멍해지곤 했다. 도대체 내가 뭘 위해서 가족을 떠나 지구 반대편에서 혈혈단신으로 사는 것인지, 수없이 나 자신에게 묻고 또 물었다. 나중에 한 룸메이트가 말해줬는데 이 시기의 내가 욕을 입에 달고 살았단다. (나는 평소에 욕을 전혀 하지 않는 사람이다.) 이렇게 살 수 없다 판단한 나는 결국 9개월 후, 이직을 알아보기 시작했다. 취직에 대한 공포감을 갖고 있었음에도 회사에 대한 스트레스가 그 공포감을 이긴 것이다.

그런데 어렵다고 생각했던 이직은 생각보다 쉬웠다. 캐나다 사이트에 나와 있는 한 어학원의 구인공고를 보고 이력서를 보내봤더니 바로 연락이 온 게 아닌가? 하필이면 연락이 온 시점에 유학원 사무실에서 근무를 하고 있었던 터라 급히 화장실로 대피(?)해야 했지만, 다소 당황스럽게 받은 1차 전화 인터뷰도 나름 괜찮았는지 한번 보자고 했다. 나는 그 후 어학원에 직접 가서 정식 인터뷰를 했고 채용이 확정되었다. 한국인이라고는 어학원에 다니는 학생 열 명이 전부인 그곳에서 나를 채용한 이유는 내게 자리를 물려주고 떠난 전임 때문이었다. 한국계 캐나다인이었던 그분이 일을 잘한 덕택에 한국인에 대한 좋은 이미지가 있었고, 유학원에서 일하고 있는 내 경험이 긍정적으로 작용했던 것이다. 지원자 대부분이 캐나다인임에도 외국인이고 영어도 부족한 내가 뽑히다니 순간적으로 믿을 수가 없었다.

결과적으로 내 이직은 주변 사람들에게 신의 한 수라는 평을 들을 정도로 성공적이었다. 다만 직장에 한국인이 없다는 것은 내게 예상치 못한 고통을 남겼다. 영어 교육을 업으로 삼는 영어 선생님들과 함께하는 일이었고 직원 중 캐나다 사람이 아닌 외국인은 나 혼자였으므로 당연히 하루 종일 영어가 이어졌다. 그것도 정확한 영어로만. 나도 모르는 사이 계속 긴장하는 건지 몸은 계속 뻣뻣해져 갔고, 편한 사무직인임에도 불구하고 집에 돌아갈 때면 하루 종일 시달린 것처럼 피곤했다. 한마디로 힘들었다. 나는 점점 어울리지 않게 과묵해졌다. 영어를 잘 못한다는 사실을 들키고 싶지 않아 단답형으로 대답했고, 긴 대화를 피하면서 마음 속으로 끊임없이 내 영어의 문법을 체크했다. '동료한테 지적당하는 거 아냐?' 이런 생각이 나를 지배했다. 심지어 평소에 쓰던 사무용품들마저 나를 괴롭혔다. 대부분 뭔지는 알아도 이름이 기억나지 않았다. 뭐였더라? 한국어로도 뭔지 잘 몰랐던 물건들을 이제 와서 영어로 말하고 쓰려니 갑자기 짜증이 났다. 악마는 디테일에 있다더니 외국인 노동자의 설움이 이렇게 어학원 사무실 책상 위에서 터지는 건가.

하지만 과연 사람은 적응의 동물이다. 과연 시간은 훌륭한 약이었다. 몇 달이 지나자 주변 상황이 조금씩 편해지기 시작했다. 한 번의 실수가 아플 뿐, 그것도 반복되면 견딜 만하며 자기합리화가 정신건강에 도움이 된다는 사실도 체득했다. 어차피 내가 외국인이라는 사실을 모르는 사람이 없고, 비록 원어민은 아니지만 유학 업계 경력과 한국어 능력 때문에 뽑힌 것이니 위축될 필요는 없다! 생각을 바꾸니 세상도 바뀌었다. 그렇게 생각했더니 동료들과 소통하는 게 편해졌다. 오히려 캐나다인이 아니라서 흥미로운 질문을 던지던 동료들이 있었고, 내게 유독 다가오던 어학원 학생들은 내가 캐나다에서 유학생으로 살았다는 사실에 친근함을 느끼는 것 같았다. 반면 나와 성격이 정말 잘 맞았던 한 동료는 일하다가도 라디오에서 좋아하는 노래가 흘러 나오면 몸을 들썩이며 리듬을 타고 노래를 불렀는데 그럴 때 나는 함께 노래를 부르며 대체 우리가 뭐가 다른지 생각했다. 그렇게 두 번째 직장에서의 1년이 지나가고 있었다.

첫 번째 직장과 두 번째 직장은 내게 나름의 교훈을 남겼다. 누군가 내게 취업에 대해 묻는다면 없던 용기까지 짜

내서 현지 회사 취업에 도전해 보라고 얘기할 것이다. 영어가 다소 부족한 외국인일지라도 취업에 필요한 이력서 정도는 충분히 쓸 수 있고, 영어도 의사소통이 안 될 정도로 못하지 않음에도 다들 그렇게 위축된다. 당시의 나도 그렇고, 모두들 비슷했다. 시간도 없고, 돈도 없고, 영어실력도 없는 것 같아 조급해지지만 이제와 돌이켜 보면 내게 주어진 상황이 항상 내가 걱정했던 것보다는 괜찮았다. 졸업하자마자 쫓기듯이 취업하는 절박한 상황은 어쩌면 내 스스로 만들어낸 게 아니었을까.

눈치와 임기응변

눈치는 신비한 언어다.
일본인 친구들과 어울릴 때
그들이 무슨 주제로 대화를 하는지,
무슨 말을 하는지,
종종 눈치로 알아맞혔다.
식당에서 일할 때에도
중국인 주방이모와 사장님이 대화를 들으며,
중국어를 하나도 모르지만,
대충 그들이 무슨 말을 하는지 알 것 같았다.

캐나다에서 내가 영어보다 더 갈고닦은 기술이 있다. 그것
은 바로,

— 눈치와 임기응변.

중고등학교 영어 시간을 제외하고 한 번도 영어를 제대로
공부해 본 적이 없던 나는 허술한 영어 실력으로 워킹 홀리
데이를 떠났다. 그런 내가 몇 년 지나지 않아 대학교에 입
학하고 영어로 전공 수업을 들으려니 쉬운 게 하나도 없었
다. 외국인 학생이라는 이유로 여러 가지 배려가 따라 왔지
만 수업에 적응하고 무사히 졸업하는 건 버거웠다. 게다가
내가 전공한 마케팅학과는 홍보, 광고와도 밀접한 연관이

있어 언어가 굉장히 중요했고, 시험과 과제, 토론과 발표를 영어가 모국어인 학생들과 함께했다. 그룹 과제를 할 때에는 나는 내 영어 실력 때문에 미안한 심정이 되었다. 내 영어 실력이 나와 같은 그룹에 들어간 학생들의 점수에도 영향을 미치는 게 아닌가 걱정이 들었기 때문이다. 무엇보다 발표와 토론을 할 때에도 영어는 내 발목을 잡았다. 어쩔 도리가 없었다. 많이, 영어 공부에 많이 매달렸다. 영어 실력이 올라간 것은 당연지사이지만, 예상치 못하게 눈치와 임기응변까지 확 늘어버렸다.

수업 중에 예상치 못하게 교수가 뭐라고 말하면 난 종종 너무 빨라서, 특유의 억양 때문에, 혹은 특정 단어를 몰라서 알아듣지 못했다. 한창 수업 중일 때에는 다른 친구에게 물어볼 수도 없는 노릇이므로 재빨리 눈치만 보는 것이다. 교수의 말이 끝나자마자 다른 학생들이 어떻게 행동하는지 보고 뭐라고 답변하는지를 유심히 듣는다. 관찰 후엔 우선 교수의 말을 알아들은 것처럼 고개를 끄덕이거나 다른 학생들과 비슷한 행동을 하고, 내용 파악은 그 후에 한다. 교수의 말이 끝난 직후 눈을 마주치면 내게 내용을 확인할 수 있으므로 가급적 안 마주치는 게 좋다.

눈치는 신비한 언어다. 일본인 친구들과 어울릴 때 그들이 무슨 주제로 대화를 하는지, 무슨 말을 하는지, 종종 눈치로 알아맞혔다. 식당에서 일할 때에도 중국인 주방이모와 사장님의 대화를 들으며, 중국어를 하나도 모르지만, 대충 그들이 무슨 말을 하는지 알 것 같았다.

캐나다는 다인종, 다문화 사회이다 보니 생활하면서 다양한 언어를 만난다. 일본어와 중국어는 일상이고 스페인어, 프랑스어, 러시아어, 터키어, 아랍도 종종 듣는다. 내 앞에서 나만 모르는 언어로 대화가 오가면, 나는 눈치로 상황 파악을 하고 고개를 끄덕이며 알아듣는 척한다. 그럼 상대방은 웃음을 터뜨리고 나는 그들이 무슨 얘기를 했는지 맞춰보거나 모르겠으면 그냥 모르겠다고 말하고 같이 웃어버린다. 그럼 말을 못 알아들을지언정 사람들과 잘 어울릴 수 있다. 가끔 영어로 대화를 나누던 외국인 친구들이 영어를 잘 못하는 친구 때문에 자국의 언어를 사용할 때가 있다. 주로 영어로 얘기한 내용을 이해하지 못했을 때 설명해주느라 자기 언어를 쓰는 경우다. 그럴 때면 나는 그 내용을 집중해서 잘 들어본다. 이미 어떤 내용을 설명해 줄지 알기 때문에 유심히 듣다 보면 다양한 언어의 단어 정도는 알게 되고 그럼 나중에 그 나라 언어로 간단한 소통을 할 수 있다.

어떤 능력이 부족하면 이를 보완하기 위한 다른 능력이 발달한다고 한다. 눈치와 임기응변도 언어의 부족을 채우기 위해 내가 활짝 열어둔 감각에서 기인한 능력일 것이다. 그래도 언어보다는 불편해서 가끔 피곤할 때도 있고 답답하기도 하다. 그래도 다르게 생각하면 유학생이나 이민자가 가진 삶의 지혜 정도는 되지 않을까?

체중,
늘고 말았다

나는 살이 쪄도 될 만한 수많은 이유를
내 스스로 만들어냈다.
취업이 힘드니까,
스트레스를 받으니까,
취미 생활이 없으니까,
돈이 드니까,
시간이 없으니까…

유학 생활 막바지에 이르면 살찐 사람들이 많아진다. 불행
히도 나 역시 그런 사람들 중 하나였다. 학기를 마칠 때 즈
음에는 문제가 자못 심각해졌다. 원래부터도 크게 날씬한
편이 아니었던 나는, 그래도 체질상 일을 하든 공부를 하
든 눈에 띄게 빠지거나 늘지 않는 몸무게의 소유자였다. 늘
어도 서서히 늘었고 줄어도 서서히 줄었다. 하지만 졸업이
다가오며 취업에 대한 압박감이 심해지자 갑자기 몰려오
는 스트레스를 감당하기가 버거웠다. 깊은 고민을 나눌 만
한 가족도 친구도 없던 당시 스트레스를 해결하는 유일한
길은 말 그대로 취업하는 것이었다. 그게 말처럼 쉽지 않았
다. 마음은 점점 초조해졌고 그때마다 강박적으로 뭔가를
집어먹거나 그대로 누워 잠을 청했다. 그리고 그 생활이 얼

마나 반복됐을까. 어느 날 문득 체중을 재 보니 무려,

— 10킬로가 늘어 있었다!

갑자기 살이 쪘다면? 열심히 운동하고 음식 조절을 해서 차근차근 빼면 될 일이라고 간단하게 말할 수 있다. 그런데 그것 또한 말처럼 쉽지가 않다. 특히 타지에 산다면 말이다.

어렸을 때부터 꾸준히 운동을 한 사람이거나 장소의 구애 받지 않는 강력한 취미를 갖고 있는 사람이라면 스트레스에 훌륭하게 대처할지도 모른다. 하지만 특별한 취미가 없는데다가 앞으로 닥친 문제를 생각하기에 바빴던 나는 스트레스를 다스릴 여유가 없었다. 그런 상황에서는 맛있는 음식과 달콤한 술이 최선의 선택처럼 느껴진다. 최소한의 비용으로 추구하는 최대한의 행복이랄까? 나는 어느 순간부터 배불리 먹고 취할 때까지 마셨고 그것은 곧 습관으로 자리잡았다. 그리고 이런 상황 때문에 갑작스레 살이 쪄 버렸다. 문제는 습관을 고치는 게 매우 어렵다는 것. 습관이 그대로이니 몸은 더 안 좋아지고, 안 좋아진 몸 때문에 운

동은커녕 일상생활조차 힘들어지고, 그러면서 먹는 것을
제외한 모든 활동을 덜 하게 되어 살이 더 찌는 악순환이
계속됐다. 게다가 졸업 후 곧바로 일을 하게 되면서 이런
증상은 점점 심해졌고 그렇게 2년이 흘렀다. 일하던 어학원
을 그만둘 때 즈음 나는 이를 악물고 출근한 후 정신력으로
버티다가 집에 오면 바로 침대에 쓰러져 버리는 생활만 간
신히 유지하는,

— 몹쓸 체력을 갖게 되었다.

결국 불어난 살과 이를 받쳐주지 못하는 체력으로 한국에
와서 급히 병원에 가야 했는데 그때 '갑상샘 기능 저하' 판
정을 받았다. 병원에서는 몸 어느 곳 하나 성한 데가 없다
는 핀잔까지 들었다. 부끄러웠다. 살 때문에 병을 얻고 결
국 약까지 먹게 되다니. 요즘은 상태가 나아져 더이상 약은
먹지 않지만, 여전히 체력은 좋지 않다.

생각해 보면 나는 살이 쪄도 될한 수많은 이유를 내 스스
로 만들어냈다. 취업이 힘드니까, 스트레스를 받으니까, 취

미 생활이 없으니까, 돈이 드니까, 시간이 없으니까… 체중 조절과 전혀 관계가 없는 일들을 마치 관계가 있는 것처럼 늘어놓고 자기합리화를 했던 것이다. 그러나 자기합리화의 시절은 이제 끝났다. 나는 더이상 유학생이 아니다. 캐나다 영주권을 받았다. 나는 이제 이민자로 '잘' 살아야 한다. 이 것은 자기합리화에서도 졸업해야 한다는 걸 뜻한다.

— 어쩐지, 이제 살을 뺄 수 있을 것 같다.

다른 꿈,
또 다른 꿈

네가 하고 싶은 대로 해.
괜찮아.
한국이든 캐나다든
아니면 제3의 어떤 곳이든.
나는 그냥 태평양을 건넜어.

고등학교 졸업 후 나는 유치원과 학원에서 꼬마 아이들에게 피아노를 가르쳤다. 처음에는 가벼운 마음으로 시작한 아르바이트였다. 그런데 음악이 좋았다. 그것을 흡수하는 아이들이 사랑스러웠다. 조금 더 해보자는 마음이 생겼고 그렇게 조금씩 연장하다 보니 어느새 5년이라는 시간이 흘렀다. 한때는 유치원 음악 선생님을 계속할까 싶었다. 하지만 아이들을 가르치는 것이 내가 정말 하고 싶은 일인가에 대한 자신이 없었다. 늦기 전에 다시 시작하자. 그런 마음으로 캐나다 워킹 홀리데이 비자를 신청했고 여기까지 왔다.

캐나다로 떠나기 전에 다른 생각도 있었다. 한국에 남아 글을 쓰고 싶다는 막연한 기대? 어릴 때부터 외국 영화와 한국 드라마 보는 것을 좋아했다. 드라마와 영화가 내게 또 다른 상상을 심어주었다. 저런 이야기를 직접 써보면 어떨까? 내 이야기를 스크린에서 보는 건 어떤 기분일까? 종종 이런 생각을 했지만 당시에는 음악만이 내 길이라 여겼으므로 다른 곳에 한눈 팔 여유가 없었다. 그러다가 캐나다 비자를 알아보던 그 즈음에 드라마 쓰는 법을 알려주는 교육기관이 있다는 걸 알게 되었다. 드라마도 배워서 쓸 수 있구나! 사설 학원까지 합쳐서 여러 곳이 있었는데 그중 유명 작가들을 대거 배출한 한 교육원이 눈에 들어왔다. 지금 배우면 나도 할 수 있을 것 같아! 마음속 어딘가에서 힘이 솟구치는 것 같았다. 하지만 한국에 있어야만 수업을 들을 수 있다. 갑자기 고민이 됐다. 이것도 내 인생의 중요한 기회가 아닐까? 어쩌면 내 길이 드라마에 있는 건 아닐까? 나는 이런 내 마음을 조심스럽게 당시 동료 선생님에게 털어놓았다. 종종 조언을 나누던 그 선생님은 내 고민을 천천히 다 듣더니 이렇게 되물었다. "그건 나중에 배워도 되는 거지만 캐나다는 지금 가야 하는 것 아니에요?"

워킹홀리데이는 29세라는 나이 제한이 있었고, 세상 경험을 쌓는 건 한 살이라도 어릴 때 하는 게 좋으니 맞는 말이었다. 하지만 글은 아니었다. 언제 시작했느냐보다는 얼마나 많은 경험을 다양하게 쌓았느냐가 좋은 글을 쓸 수 있는 조건이라고 한다. 그렇다면 뭐든 경험해 두고 나중에 어떻게든 글로 풀어내는 게 더 좋은 방향이겠지. 나는 그렇게 작가가 되고 싶은 꿈을 접고 캐나다로 출국했다.

해외에 사는 외국인들이 모국어를 접하는 기회는 생각보다 많지 않다. 설사 한인타운 같은 곳에 살아서 한인들을 자주 만난다 해도 결국 서로 말을 많이 하는 것일 뿐, 같이 뭔가를 읽거나 쓰는 것은 아니기 때문이다. 나는 한동안 일하고 노느라 바빴지만 마음 한편에서 뭐라도 기록해야 한다고 생각했다. 어느 순간부터 나는 브런치 앱에 에세이를 올렸고 주말이면 드라마 단막극 습작을 해보겠다며 노트북 앞에 앉았다.

글을 쓰는 순간만큼은 현실의 걱정이 사라져서 좋았다. 나는 마치 차원이 다른 세계에 홀로 떨어져 나와 앉아 있는 기분이 들었다. 내가 나를 온전히 바라보는 순간. 나는 이

순간을 절대 잊지 못할 것이라 생각했다. 작가가 내 꿈이 되었음은 두말할 것도 없다. 이것이 내 '다른 꿈'이다.

6년간의 캐나다 생활 끝에 영주권을 받았다. 영주권을 받았으니 한국에 가도 되겠다 싶었다. 하지만 계획 없이 무작정 돌아갈 순 없었다. 한국에서 내가 할 수 있는 게 뭘까. 내가 하고 싶은 게 뭘까. 캐나다에서 얻은 어떤 경험을 살릴 수 있다면 좋겠다. 거기에 내 장점이 섞여 들어가 절대 후회하지 않을 일을 하면 좋겠다. 나는 고민했다. 그리고 창업을 결심했다.

캐나다에서 오랜 시간 함께 동고동락했던 동생과 포케 식당에 대해 이야기한 적이 있었다. '포케'란 하와이에서 만든 하와이 스타일의 회덮밥, 회비빔밥이다. 일본의 영향을 받아 만들어졌는데 이후 미국 본토에서 토핑을 곁들여 먹는 형태로 발전했다. 단촛물을 넣은 밥에 샐러드와 회, 그리고 소스를 버무려 토핑과 함께 비벼 먹는 음식이다. 우리는 토론토에서 즐겨 먹던 포케에 대해 의견을 나눴고 동생은 서울에 가면 식당을 해보겠다고 했다. 그때만 해도 '나도 해볼까?'하는 생각은 하지 않았는데 그 후에 부모님과 함께 뉴욕을 여행하던 중에 우연히 이 이야기가 나왔다. 우리는 다 같이 모여 포케를 먹으며 '여대 앞에서 하면 잘 될 것 같다'라는 나름의 결론을 내리며 웃었다. 여행 직후 밴쿠버로 이사간 나는 4개월 동안 세 군데의 포케 식당에서 일하면서 다양한 노하우를 습득했다.

한국에 포케집이 없는 건 아니다. 서울에서도 여러 번 포케를 접했다. 하지만 그 맛은 북미와 조금 달랐고, 현지의 맛을 기대했던 나는 조금 실망했다. 그래서 한국에 돌아온 후 4개월 동안 소스 만드는 데 집중해서 여섯 가지 소스의 비율을 개발했다. 그리고 대망의 2020년 5월 1일, 이대 앞 내 가게를 오픈했다. 이렇게 또 생각지도 못한 인생이 시작된 것이다. 맛있는 포케를 만들어 대접하는 것, 처음 열어본 식당을 잘 유지하는 것, 이것이 '내 또 다른 꿈'이다.

— 캐나다 안 돌아갈 거야?
— 돌아가야겠지.
— 가게는 어쩌려고?

— 글쎄…, 나도 잘 모르겠어. 그때 가 봐야 알지.

이런 내 태도에 사람들은 답답할지도 모르겠지만, 난 정말 모른다. 요즘은 캐나다에 가기 전에 꿈꿨던 드라마 교육원도 다니고 있다. 이것도 어떻게 될지 알 수 없지만 그냥 다닌다. 좋으니까. 어쨌든 남이 정하는 게 아니라, 내가 내 인생을 선택하고 결정한다는 것, 그게 중요하다. 태평양을 넘나들며 깨달았다.

— 하고 싶은 대로 해.

어쩌다 캐나다 영주권까지 취득하게 되었는지, 내 사정에 대한 이야기를 장황하게 했지만 결국 내가 하고 싶은 이야기를 요약하면 이것이 아닐까?

— 네가 하고 싶은 대로 해. 괜찮아. 한국이든 캐나다든 아니면 제3의 어떤 곳이든. 내게도 플랜 A가 있기는 있었어. 하지만 그것이 자꾸 나를 실패자라고 몰아붙였어. 그래서 인생에는 플랜 B가 필요한 것 같아. 하고 싶은 마음이 생기

면 그 마음을 따라 행동해 보는 거야. 나는 그냥 태평양을
건넜어.

편집여담

편집자 마담쿠와 코디정이 이 책을
기획하고 편집하는 과정의 뒷얘기
를 대화 형식으로 독자에게 전한다.

코디정: 꽤 세월이 흘렀지만 마담쿠도 한때 유학생이었
지요?

마담쿠: 네. 영국에서 20대의 절반을 보냈지요.

코디정: 〈스물 여섯 캐나다 영주〉. 누가 들으면 캐나다에
사는 영주 이야기라고 생각할지도 모르겠군요. 마
담쿠가 이 책을 기획했습니다. 독자들은 책이 어떻
게 기획되고 어떤 과정을 거쳐서 책으로 출간되는
지 궁금해 할 거예요.

마담쿠: (웃음) 이 책은 저자가 캐나다에서 영주권을 얻을
때까지의 이야기입니다. 기획은 우연히 시작되었
어요. 인터넷 카페에서요.

코디정: 네? 카페?

마담쿠: 제가 나름 시나리오 작가잖아요?

코디정: (웃음) 나름은 아니지요. 등단한 작가에 '나름'이라는 수식어를 붙이지는 않으니까요.

마담쿠: 작가들이 모이는 온라인 카페가 있어요. 아마추어도 있고 데뷔한 작가도 있고 프로 작가도 있는, 나름 오랜 전통이 있는 카페죠. 거기에 글이 하나 올라왔어요. 아마도 작년 여름이었을 거예요. 출판 계약을 하려는데 왠지 부당한 계약 같다는 글이었죠.

코디정: 부당 계약이요? 조건이 뭐길래?

마담쿠: 우선 출판 계약금이 없고 1쇄 인세도 없었어요. 2쇄부터 6%의 인세를 지급하기는 하는데 저자가 책을 어느 정도를 사야 하는 강매 조항도 있는 것 같더군요.

코디정: 흐음. 출판사 손해 방지 계약이네요. 이야, 우리가 책을 내주는 게 어디냐, 라는 '갑질 마인드'도 느껴집니다. 우리 이소노미아에서는 상상할 수 없는….

마담쿠: 그렇죠. 그래서 처음에는 도움이라도 줘야겠다는 생각에 원고가 있냐고 물어봤어요. 그랬더니 브런치 링크를 보내주더라고요. 지금 캐나다에 있다면

서, 브런치에 올린 글을 출판할 생각이었다고요.

코디정: 그때 글의 느낌은?

마담쿠: 흥미로웠어요. 브런치 글은 캐나다 생활을 보여주
고 캐나다에 오려는 다른 친구들에게 정보를 주는
글이었어요. 익숙한 경험도 있고 유용한 팁도 있고
요. 책이 되기에는 좀 부족했어요. 깊이의 문제랄
까 너비의 문제랄까, 뭔가 부족했어요. 하지만 즐
겁게 읽힌다는 데 의미가 있었죠. 얘기를 좀더 나
눠보려고 언제 한국에 오냐고 물었더니 6개월 후
에 온다는 거예요. 그래서 알겠다고 했죠.

코디정: 그게… 끝?

마담쿠: (웃음) 저자가 한국에 없으니까 적극적으로 진행하
기 어렵더라고요. 그래서 접어두고 다른 일을 하는
데 계속 생각났어요. 그러다가 비슷한 경험이 있는
사람들이 모이면 어떨까? 여자가 해외유학을 할
때 생각보다 많은 도움이 필요해요. 인터넷에 둥둥
떠다니는 조언이나 도움 말고 실질적으로 도움이
되는 정보를 묶어서 알려주면 어떨까? 이런 생각
이 이어졌죠. 그래서 다른 영어권 국가의 저자들도

섭외했어요.

코디정: 맞아요. 그때 마담쿠가 〈언니가 들려주는〉 시리즈를 제안했지요. 우리는 좋은 기획이 될 것 같다고 합의했습니다만.

마담쿠: 네. '해외 유학을 다녀온 언니들'이 한 권의 책으로 모이는 기획이었어요.

코디정: 해외에 유학을 다녀온 경험만 있으면 되는 거였나요?

마담쿠: 아니요. 영어권 국가여야 했고, 가능한 한 부모로부터 자립해서 자기 힘으로 해외생활을 한 언니들이어야 했어요. 그래야 더 유용하고 더 현실적인 이야기가 나올 것 같아서요…. 하지만 문제가 생겼어요. 저자들의 배경과 상황이 다르다 보니, 풀어내고 싶은 이야기도 다르지만, 무엇보다 스케줄도 다 다르다는 것?

코디정: 스케줄이라… (웃음) 우리가 저자에게 독촉하지는 않는 편이지요. 게다가 생각지도 못한 상황이 터졌잖아요? 바로…

마담쿠: 네. 코로나19였습니다. 정말 울 뻔했어요. 책 기획을 11월에 했는데 바이러스가 2월에 터졌죠. 코로

나 바이러스가 한창 유행하는데 유학 이야기를 하면 대체 누가 읽겠어요. 솔직히 잠깐이지만 절망했어요. 이 기획 망하는 건가? 하면서요.

코디정: 세상사 어쩔 수 없는 건 어쩔 수 없고, 그럼에도 우리가 할 수 있는 일은 또 있게 마련이어서 그때 우리가 기획을 수정했습니다.

마담쿠: 맞아요. 그때 코디정이 먼저 '분권'을 제안했지요. '언니들'에서 '언니 각자'가 되었습니다. (웃음). 분권으로 기획을 변경하니까 원고를 다시 구성하고 분량을 늘려야 했지만 신기하게도 글의 느낌이 훨씬 좋아졌어요. 저자가 하고 싶고 할 수 있는 오롯이 담아내는데 집중해서 그런가 봐요. 저자가 수단이 아닌 목적이 되어야 한다고 하셨잖아요. 그 말이 맞았어요. 단행본으로 만든다고 했을 때 저자의 표정 기억나세요? 아주 좋아했어요.

코디정: 활짝 폈죠. 완전 활짝. 예의상 티를 안 내려고 노력하신 것 같았지만. 아닌가? 저자가 원래 명랑한 사람인가요?

마담쿠: 글쎄요. (웃음) 개인적인 첫인상은 어땠는데요?

코디정: 낯가림도 없이 밝아서 참 좋았습니다. 전 자기 힘으로 인생을 살아가는 자립한 사람들을 좋아해요. 그들의 얼굴에는 약간의 불안감과 함께 낙관과 자신감도 스며들어 있는데, 저는 그런 솔직한 얼굴이 좋았습니다.

마담쿠: 맞아요. 저자를 처음 봤을 때 평범하다고 생각했거든요? 그런데 보면 볼수록 그게 장점으로 여겨지는 거예요. 이 책의 매력도 평범함이고 그래서인지 저자와 책이 참 비슷해 보이고, 그래서 더 편안하게 느껴지고….

코디정: 네. '평범함에 바치는' 책입니다. 저는 이 책을 편집하면서 이 시대의 출판에 대해서 다시 생각해 보기도 했어요. 타인의 대단한 성공은 빛나기도 하거니와 매우 자극적이지요. 그런 이야기는 우리를 취하게 만들어요. 하지만 위로는 되지 못합니다. 따라하기도 어렵고요. 우리는 그저 평범한 사람들이니까요. 평범한 사람들이 대단한 성공을 따라한다? 가랑이가 찢어지지 않을까요? 해외유학이라고 하면 출발부터가 한국에서 명문대학에 해외

의 세계적인 명문이 더해져서는 글로벌 기업에서 큰 활약을 한다거나 한국으로 컴백하여 멋진 인생을 도모하는 그런 이야기가 나올 것 같지만, 이 책은 그런 요소 없이 아주 평범합니다. 저자가 손을 내밀면서, "나도 했고 그러므로 당신도 할 수 있어요."라고 말할 때, 용기를 담아 "네. 나도 할 수 있을 것 같아요."라고 답할 수 있는 이야기를 담고 있습니다. 그런 이야기를 담아낸 이 출판 기획도 마음에 들어요. 마음 한편으로는, 캐나다라… 부럽네, 하는 생각도 들더군요.

마담쿠: 어머, 지금도 늦지 않았어요.

코디정: 에이 무슨,

마담쿠: 투자이민이라는 좋은 제도가…

코디정: (웃음) 영주까지는 이젠 됐고, 기회가 된다면 세계 여행이나 한번 해보고 싶네요. 이런 '이뤄지지 못할' 꿈도 이제는 평범한 세상입니다만…. 마담쿠는 편집하면서 어떤 점이 좋았어요?

마담쿠: 우선 우울한 내 인생 어딘가에 뜻밖에도 다른 길이 있더라고 말하는 책의 메시지가 좋았어요. 돌이켜

보면 스물 여섯에도 우울했고 열아홉에도 우울했던 사람이 바로 여기 앉아 있는 지라. (웃음) 〈스물 여섯, 캐나다 영주〉는 스물 여섯에 캐나다로 떠나 영주권을 획득하기까지의 생활을 담고 있지만, 저자는 캐나다로 가기 전까지, 그러니까 스무 살에서 스물 여섯 어느 시점까지는 공식적으로 고졸이었죠. 대입에 실패하고 유치원에서 아이를 돌보며 음악을 가르치는 것으로 힘들게 3천 만원을 모았어요. 실패한 인생이라고 스스로 고백했지만, 그 와중에 저축을 한 거예요. 그것도 5년이나. 그 돈이 결국 캐나다로 향하는 시드 머니가 되었고 자립의 기초가 됐고요. 타이밍이 좋았어요. 너무 늦게 3천 만원을 모았다면 못 떠났을지도 몰라요.

코디정: 맞아요. 인생은 타이밍이니까.

마담쿠: 사실 편집자는 편집을 하다가 이해가 안 가는 구절이 있으면 표시를 해두잖아요? 그런데 우리 둘 다 표시를 해 둔 부분이 있었어요. 바로 캐나다에서 주 80시간 일했다는 부분이었죠. 80시간? 보통은 주 40시간인데, 어떻게 두 배나 되는 '초중노

동'을? 캐나다가 주급제도니까 설마 2주 치를 잘 못 계산한 건가? 결국 저자 확인까지 거치게 되었는데 주 80시간이 맞는다는 답변이 돌아왔죠. 한때 투잡을 뛰며 80시간 노동을 하기도 했다고요. 그런 시절을 보냈으므로 지금의 그녀가 있었구나, 라는 생각도 들었습니다.

코디정: 모든 시간을 견뎌낸 후에 자기 인생을 자기가 결정할 수 있는 상황을 스스로 만들어낸 저자에게 박수를 보냅니다.

마담쿠: 이 책을 세상에 선보이는 것으로 박수를 대신할 수 있지 않을까요? 이 책을 읽으면서 독자들도 저자처럼 자기만의 플랜 B를 찾는다면 더욱 좋겠지요.

코디정: 저도 그러기를 바랍니다. 기획하고 편집하느라 고생하셨어요. 마지막으로 저자를 다시 한번 소개합니다.

그레이스 리. 한때 음악가가 되고 싶었다. 그러나 인생이 뜻대로 잘 풀리지는 않았다. 워킹 홀리데이 비자 하나만 들고 무작정 캐나다로 떠났다. 토론토 조지브라운 칼리지에서 마케팅을 전공했다. 지금은 글을 쓴다. 포케도 만든다.
앞으로 또 어디에서 무엇을 할지는 모르겠다. 하지만 어쨌
든 스스로가, 스스로의 인생을 산다.

WHY: 세 편의 에세이와 일곱 편의 단편소설
2018-09-04 발행
지은이 | 버지니아 울프
번역 | 정미현
정가 | 12,000원
ISBN 979-11-962253-2-2

한 번의 독서로 버지니아 울프의 작품세계와
작가정신을 동시에 체험할 수 있는 책

굿윌: 도덕 형이상학의 기초
2018-09-04 발행
지은이 | 임마누엘 칸트
번역 | 정미현, 방진이, 정우성
정가 | 13,000원
ISBN 979-11-962253-3-9

교보문고 오늘의 책으로 선정된, 평범한
한국인이 읽을 수 있는 유일한 칸트 번역서

최면술사: 마크 트웨인 단편집
2019-3-25 발행
지은이 | 마크 트웨인
번역 | 신혜연
정가 | 13,000원
ISBN | 979-11-962253-6-0

피곤하고 지친 현대인에게 마크 트웨인이
선물하는 보약 같은 유머

타인의 행복: 공리주의

2018-12-31 발행

지은이 | 존 스튜어트 밀

번역 | 정미화

정가 | 13,000원

ISBN | 979-11-962253-4-6

〈공리주의〉를 쉽고 명쾌하게 번역해 낸
고전 중의 고전

소나티네: 나쓰메 소세키 작품집

2019-04-30 발행

지은이 | 나쓰메 소세키

번역 | 김석희

정가 | 15,000원

ISBN | 979-11-962253-7-7

매혹적인 나쓰메 소세키. 그의 폭넓고
깊은 정신세계를 체험해 보세요

휴머니타리안: 솔페리노의 회상

2019-02-20 발행

지은이 | 앙리 뒤낭

번역 | 이소노미아 편집부

정가 | 15,000원

ISBN | 979-11-962253-5-3

수많은 생명을 구한 책입니다. 국제적십자
운동을 촉발시킨 인류애 가득한 전쟁르포

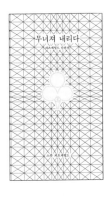

무너져 내리다: 피츠제럴드 단편선

2020-05-25 발행

지은이 I 스콧 피츠제럴드

번역 I 김보영

정가 I 15,000원

ISBN 979-11-962253-8-4

이것이 스콧 피츠제럴드입니다. 작품에 담긴
사랑 이야기와 현실 속 작가의 좌절 이야기

CREDIT

스물여섯 캐나다 영주

발행일 | 2020년 9월 25일 1판 1쇄

지은이 | 그레이스 리

편집 | 마담쿠, 코디정
디자인 | 서승연, 카리스북

펴낸곳 | 이소노미아
　　　　서울시 종로구 율곡로 2길 7 서머셋팰리스 303호
　　　　T. 010 2607 5523　F. 02 585 9028　E. h.ku@isonomiabook.com

펴낸이 | 구명진

ISBN 979-11-90844-07-9

이 도서의 국립중앙도서관 출판예정도서목록(CIP)은 서지정보유통지원
시스템 홈페이지(http://seoji.nl.go.kr)와 국가자료종합목록 구축시스템
(http://kolis-net.nl.go.kr)에서 이용하실 수 있습니다.
(CIP제어번호 : CIP2020038034)